漢詩の美しい言葉

季節

鷲野正明

SHOEISHA

はじめに

北原白秋は『桐の花』の「桐の花とカステラ」で、短歌は「小さい緑の古宝玉」といっています。短歌に限りません。和歌や俳句や漢詩、文学はすべて「宝玉」です。好みの色を見つけ出して口ずさめば、きっと心が癒やされ、勇気が湧くはずです。

古典や文学が軽視される昨今、特に漢詩漢文は触れる機会もなく、敵視されることさえあります。漢詩漢文は、中国の古典を日本式に読む訓読《くんどく》によって読みます。訓読する時点で、中国の古典は日本の古典になり、中国語の発音を知らなくても、その内容は詳細緻密にとらえることができるのです。訓読によって得た言葉を、日本人はそれが中国の古典からきていることを知らずに、日常的に使っています。

例えば七十歳を「古稀《こき》」というのは、杜甫の「人生《じんせい》七十《しちじゅう》古来《こらい》稀《まれ》なり」が出典です。野球でいう「敬遠」も、『論語』の「鬼神《きしん》は之《これ》を敬《けい》して遠《とお》ざく」からきています。年齢の四十歳を「不惑」というのは、『論語』の「十有五《じゅうゆうご》にして学に志す、三十に而《し》て立つ、四十にして惑わず」です。漢字の熟語、四字熟語のほとんどは、漢詩漢文が出典と思ってよいでしょう。

日本文学でも、「柳の糸」は糸のようにしだれている柳の枝をいい、『万葉集』（巻十）に「我がかざす柳の糸を吹き乱る風にか妹《いも》が梅のちるらん」（私が髪に挿している枝垂れ柳の小枝を吹き乱す風に、あの娘の髪飾りの梅の花も散っていることだろう）とあります。「柳の糸」は漢詩でよく使う「柳糸《りゅうし》」の翻訳語です。「糸」は音読《おんどく》すると「シ」で、音《おん》が同じ「思」に通じます。そこで

「柳糸」は柳の糸がなびくように、私の思いもあなたになびく、と恋心を表します。

漢字には、季節を表す漢字があります。例えば、空をいうとき、春は「蒼天」、夏は「昊天《こう》」、秋は「旻天《びん》」といいます。馬は、毛の色ごとに漢字があります。驪《り》は純黒の馬・くろこま、騅《すい》は蒼白の馬・あしげ、駓《ひ》は黄白の馬・しらかげ、駱《らく》は黒いたてがみの白馬・かわらげなどがあります。目の毛の白い馬を魚《ぎょ》ともいいます。おもしろいですね。

本書は漢詩に使われている美しい言葉や表現にふれてみようというものです。季節ごとに分類しますが、必ずしもその言葉が季節を表しているというものではありません。花は季節を表すことができますが、そうでない言葉や表現は詩に詠われている季節によって分けています。

漢詩は、黒い漢字が四角四面にならぶ黒い箱、ブラックボックスのように見えますが、ひとたび蓋を開ければ、色彩ゆたかな自然があふれ出し、言葉が宝石のようにかがやきだします。漢詩には美しい言葉がたくさんあり、何気ない言葉でも、想像がふくらみ、美しい風景が見えてきます。言葉は「言霊《ことだま》」ともいい、使う人の心が反映されます。

人を思いやる心やさしい言葉は、自《おの》ずから人の心を慰め、また勇気を与えます。古い詩が古典として残っているのは、いつの時代でも人々がやさしさを欲しているからに違いありません。今こそ、古典に触れ、やさしく美しい言葉に触れて、心を豊かにしたいものです。

鷲野正明

もくじ

第二章　夏

第三章　秋

第四章　冬

漢詩と暦

一　年のいい方

季節のうつろいは、先人の知恵によって暦に凝縮されています。

暦は中国の殷代（前十六世紀ころから前十一世紀頃）にすでに十干十二《じっかんじゅうに》支《し》の「干支《えと》」によって年月を表す暦ができていました。十干十二支は以下のようになっています。十二支はいまでも使われています。

十干　甲《こう》　乙《おつ》　丙《へい》　丁《てい》　戊《ぼ》　己《き》　庚《こう》　辛《しん》　壬《じん》　癸《き》

十二支　子《し》《ね》　丑《ちゅう》《うし》　寅《いん》《とら》　卯《ぼう》《う》　辰《しん》《たつ》　巳《し》《み》　午《ご》《うま》　未《び》《ひつじ》　申《しん》《さる》　酉《ゆう》《とり》　戌《じゅつ》《いぬ》　亥《がい》《い》

十干と十二支を「甲子《こうし》」「乙丑《いっちゅう》」（乙は慣用音は「おつ」ですが、漢音では「いつ」です）「丙寅《へいいん》」のように順に組み合わせ、十干の最後の「癸」と「酉」の「癸酉《きゆう》」のあとは、左のように十二支で残った「戌」と十干の最初の「甲」を組み合わせて「甲戌《こうじゅつ》」とし、次には「乙」と「亥」の「乙亥《いつがい》」というように組み合わせていきます。組み合わせる干・支が足りなくなったら十干または十二支を後につけて同じように繰り返します。十と十二の最小公倍数は六〇ですので、六〇年たつと初めの「甲子」にもどります。暦の最初に還《かえ》りますので「還暦」といいます。

十干　甲　乙　丙　丁　戊　己　庚　辛　壬　癸　甲　乙
　　　丙　丁　戊　己……

十二支　子　丑　寅　卯　辰　巳　午　未　申　酉　戌　亥
　　　　子　丑　寅　卯……

二　日本の年のいい方

年の言い方は、そのまま音読します。例えば

甲子（こうし）　乙丑（いっちゅう）　丙寅（へいいん）
丁卯（ていぼう）　戊辰（ぼしん）　己巳（きし）
癸酉（きゆう）　甲戌（こうじゅつ）　乙亥（いつがい）

「甲子園」は「こうしえん」と読みますが、「甲子」を「きのえね」ということもあります。日本の古典は日本読みをします。この読みは、「五行説」と連動しています。五行説は天地万物が「木《もく》火《か》土《ど》金《こん》水《すい》」の五つの元素からできているという考え方です。「十干」を順

番に「兄弟《えと》」に振り分け、「木火土金水」と「兄弟」「十干」を以下のように「の」を入れて読みます。

五行	兄（え）	弟（と）
木（き）	甲（きのえ）	乙（きのと）
火（ひ）	丙（ひのえ）	丁（ひのと）
土（つち）	戊（つちのえ）	己（つちのと）
金（かね）	庚（かのえ）	辛（かのと）
水（みず）	壬（みずのえ）	癸（みずのと）

甲子《こうし》の「甲」は「きのえ」、「子」は「ね」ですから「きのえね」となります。丙午《へいご》は「ひのえうま」です。２０２４年は「甲辰《へいしん》」です。これは「きのえたつ」です。

三　二十四節気《にじゅうしせっき》と旧暦の元日

漢代（紀元前二〇六年～）になると、気候の変化に従って「二十四節気」が定められました。これは太陽の出ている昼の長さによって作られる「陽暦」です。太陽の光は農耕に影響をあたえますので「農暦」ともいいます。

旧暦の一年は三六〇日で、太陽の運行によって昼夜の長さが変わり、一年は四つの季節「春夏秋冬」に分けられます。「四季」です。つまり一季は九〇日になります。さらに長年の観測から六つの節目を設け、名前をつけました。

昼が一年で最も長い日を「夏至《げし》」、昼が最も短く夜が最も長い日を「冬至《とうじ》」とし、この二つの節を「二至《にし》」といいます。昼と夜の長さの同じ日が年に二回あるので、これを「春分」「秋分」とし、この二つの節を「二分《にぶん》」といいます。さらに春夏秋冬の始まりを「立春」「立夏」「立秋」「立冬」とし、この四つの節を「四立《しりゅう》」といいます。「立つ」は始まるという意味です。この「二至」「二分」「四立」をもとに、各季を六節に分けたのです。一季九〇日ですから一節は一五日になります。この四季と六節で「季節」といいます。節は左のように二十四になります。

立春《りっしゅん》　雨水《うすい》　啓蟄《けいちつ》　春分《しゅんぶん》　清明《せいめい》　穀雨《こくう》
立夏《りっか》　小満《しょうまん》　芒種《ぼうしゅ》　夏至《げし》　小暑《しょうしょ》　大暑《たいせつ》
立秋《りっしゅう》　処暑《しょしょ》　白露《はくろ》　秋分《しゅうぶん》　寒露《かんろ》　霜降《そうこう》
立冬《りっとう》　小雪《しょうせつ》　大雪《たいせつ》　冬至《とうじ》　小寒《しょうかん》　大寒《だいかん》

二十四節気は太陽暦によりますが、太陰暦は月の運行によっています。月の満ち欠けは約三〇日です。月が出ない（月の表面に太陽が当たらない）日を朔《さく》（一日《ついたち》）といい、二日、三日と月がすこしずつ大きくなり、十五日目で満月（望）になります。それ以降はすこしずつ欠けて行き、朔になります。朔と望の中ごろに月の左半分が欠けている半月、上弦の月が見られ、望と朔の中ごろに右半分が欠けている半月・下弦の月が見られます。

月の満ち欠けの周期は多少変化します。平均すると二九・五日です。そこで旧暦ではひと月を二九日とする小の月と、三〇日とする大の月を、ほぼ交互にくるようにしていました。また誤差を少なくするため閏月《うるうづき》を設けていました。

旧暦の始まり、正月は立春ですが、その日が月の朔であることはめったにありません。そこで、立春にもっとも近い朔の日を旧暦の元日にあてます。それがいわゆる旧正月です。立春は冬至から三節目、四十五日後になります。

ちなみに、令和四年（二〇二二）、令和五年（二〇二三）、令和六年（二〇二四）の立春はいずれも新暦の二月四日でしたが、旧正月は以下のようでした。

令和四年、旧正月は新暦の二月一日。令和五年、旧正月は新暦の一月二十二日。令和六年、旧正月は新暦の二月十日。

旧正月が立春より前か、立春より後か、年によって異なります。

なお新暦は明治五年に制定されたもので、明治五年十二月三日が新暦の明治六年一月一日とされました。旧暦と新暦はほぼひと月違い、旧暦が遅れています。新暦は太陽暦（グレゴリオ暦）です。

四　七十《しちじゅう》二《に》候《こう》と二十《にじゅう》四《し》番《ばん》花《か》信《しん》風《ふう》

季も節も、天体の観察から考えられたものです。そしてさらに一節一五日を五日ずつの「候」で分けることがおこなわれました。一節ごとに「一候」「二候」「三候」と分けると、全部で二十四節×三候で、七十二候となります。節は季節のうつろいを、候はさらにこまかく風や水、植物・昆虫・鳥・動物などの活動を当てはめていますが、これについては省略します。なお、二十四節気と候から「気候」という言葉ができました。

小寒の一候から穀雨の三候まで、一候ごとに花を咲かせる風の便りが届きます。これを「二十四番花信風」といいます。観察によって春には一候・五日ごとに違う風が吹いて花が咲く、と考えたのです。「花信」は花だよりのことです。二十四の花は以下のようです。

	小寒	大寒	立春	雨水	啓蟄	春分	清明	穀雨
一候	梅花	瑞香	迎春	菜花	桃花	海棠	桐花	牡丹
二候	山茶	蘭花	桜桃	杏花	棣棠	梨花	麦花	酴醾
三候	水仙	山礬	望春	李花	薔薇	木蘭	柳花	楝花

開花の順番は梅が最初で、冬の「小寒」の一候に咲きます。二候が山茶（ツバキ）、三候が水仙です。その後は「大寒」の三候を経てようやく「立春」となります、梅は立春の前、春にさきがけて咲きます。

第一章

春

漢詩が作られた時代の暦は、太陰太陽暦です。月の満ち欠けで一か月が表され、太陽の光によって二十四節気に分けられます。春は二十四節気の立春《りっしゅん》から立夏に到るまでの期間で、立春、雨水《うすい》、啓蟄《けいちつ》、春《しゅん》分《ぶん》、清明《せいめい》、穀雨《こくう》の六つの節目があります。旧暦では一月から三月です。風の気配が少しずつ変り、春雨に植物が芽吹き、昆虫たちが活動し、鳥が鳴き、多くの花が咲きます。

春は東から暖かな風が吹いてきます。そこで五行説では東に「青」を配色し、春を「青春」といいました。「春風」は「東風」ともいい、日本では「こち」ともいいます。「こち」は菅原道真が「東風《こち》吹かばにほひおこせよ梅の花あるじなしとて春を忘るな（『拾遺集』）」と詠んでいます。

夏目漱石の『吾輩は猫である』（二）に登場する越智東風さんの名前は「とうふう」と読むのではなく、越智東風で「おちこち」と読むのだ、と迷亭さんが言っています。

月《げつ》耀《よう》は晴《せい》雪《せつ》の如《ごと》く
梅《ばい》華《か》は照《しょう》星《せい》の似《ごと》し

月夜見梅華

菅《すが》原《わら》道《のみち》真《ざね》

月耀如晴雪
梅華似照星
可憐金鏡転
庭上玉房馨

月《げつ》夜《や》梅《ばい》華《か》を見《み》る　時《とき》に年《とし》十一《じゅういち》

月《げつ》耀《よう》は晴《せい》雪《せつ》の如《ごと》く
梅《ばい》華《か》は照《しょう》星《せい》の似《ごと》し
憐《あわ》れむべし　金《きん》鏡《きょう》転《めぐ》りて
庭《てい》上《じょう》玉《ぎょく》房《ぼう》馨《かお》る

月光は晴れた日の
雪のように
明るく清らかで、
月下の梅の花は
星のように輝く。
「照星《しょうせい》」は明るく
輝く星。
菅原道真
十一歳の句です。

解説

題の下に「年十一」と記しています。良い詩ができて嬉しかったのでしょう。点々と咲く梅の花を、月の光にきらめく「星のよう」という比喩は、若々しく新鮮な表現です。「金」と「玉《ぎょく》」はどちらも次の語を修飾してその美しさを強調します。この詩では「金鏡転る」と「玉房馨る」と対になっています。のちに大詩人となる片鱗をうかがわせます。夜の梅の香りを詠うことは中国の六朝《りくちょう》時代にはあまりありません。中唐のころに白楽天《はくらくてん》や元稹《げんじん》が詠っていきます。平安時代の詩や和歌に夜の梅の香りを詠うのは、白楽天等の唐詩の影響でしょう。第三句に「可憐」とあります。訓読では「憐れむべし」と読みますが、強く心惹かれることをいいます。あるいは、かわいらしい、です。哀れに思うことではありません。要注意ですね。

訳

月の光は晴れた日の雪のように明るく清らかで、月下の梅の花は星のように輝く。金の鏡のような美しい月が天球をゆっくりめぐり、一晩中、玉《ぎょく》のような庭の梅が香る、ああ何とすばらしいことか。

偶《たま》たま解《かい》す春《しゅん》風《ぷう》の意《い》
来《き》たり吹《ふ》く竹《たけ》と蘭《らん》に

題自画

夏目《なつめ》漱石《そうせき》

幽居人不倒
独坐覚衣寛
偶解春風意
来吹竹与蘭

自画《じが》に題《だい》す

幽《ゆう》居《きょ》人《ひと》倒《いた》らず
独《ひと》り坐《ざ》して衣《い》の寛《ゆる》やかなるを覚《おぼ》ゆ
偶《たま》たま解《かい》す春《しゅん》風《ぷう》の意《い》
来《き》たり吹《ふ》く竹《たけ》と蘭《らん》に

ふと春風の
心がわかった。
私の気持ちを
知っている
かのように、
竹と蘭の香りを
吹き送ってきた。
風流な気持ちと
自然がひとつになる
瞬間。

解説

中国では唐代以降、蘭・竹・梅・菊を「四《し》君《くん》子《し》」と呼び、貴んできました。蘭や菊の気《け》高《だか》い香り、竹や梅の逆境にも屈することのない芯の強さが人格に喩えられ、よく詩に詠われ、画にも描かれまし

た。漱石は植物のなかで最もすぐれた匂いのする蘭と、雪のなかでも青々としている竹を孤高の象徴として好んで画に描きました。この詩はその画に書きつけた詩です。

承句で「独り坐す」というのは、孤高の志が少し揺らいだからでしょうか。静かに座っていると、衣が寛やかに感じられるようになり、気持ちが穏やかになりました。すると、春風がその気持ちを察知したかのように、二君子の蘭と竹の香りを運んできたのです。

「衣寛」と「偶解春風意」が相応じて良い味を出しています。「心が寛いでいる」からこそ「竹と蘭の香り」を感じ取ることができたのであり、心が寛いでいるので、春風の真意がわかったのです。「偶」は、ふと、ゆくりなくも、の意。王維《おうい》の「深林人知らず、明月来たりて相《あ》い照《て》らす（深い竹林のなかの楽しみは、世間の人は知らない。明月は、それを知っているかのように東の空にのぼり私を照らした）」に通じます。

訳

わび住まいには訪れる人もなく、一人じっと座っているうちに、いつしか着ている衣もゆったりと感じられる。ふと、春風の真意がわかった。春風は、寛いだ私の気持ちを知っているかのように、竹と蘭に吹いて香りを送ってきたのだ。

遅《ち》日《じつ》江《こう》山《ざん》麗《うるわ》しく
春《しゅん》風《ぷう》花《か》草《そう》香《かんば》し

絶句二首　其一

杜《と》甫《ほ》

遅日江山麗
春風花草香
泥融飛燕子
沙暖睡鴛鴦

絶《ぜっ》句《く》二《に》首《しゅ》　その一

遅《ち》日《じつ》江《こう》山《ざん》麗《うるわ》しく
春《しゅん》風《ぷう》花《か》草《そう》香《かんば》し
泥《どろ》融《と》けて燕《えん》子《し》飛《と》び
沙《すな》暖《あたた》かにして鴛《えん》鴦《おう》睡《ねむ》る

日が沈むのが
遅くなる春、
江《かわ》も山も
ことのほか美しく、
風も草花も香る。

「遅日」は
春の日をいいます。
春がやってきた
うれしさ。

解説

杜甫は「一生愁えていた」といわれます。詩ではつねに不条理な世を憂え、人々がみな平和になることを願い、妻や子供を大切にし、貧窮を愁え、食糧を求めて旅をして五十九年の生涯を終えました。

その生涯で、数えの四十九歳から五十四歳ころまで比較的穏やかで平和な生活を送ることができました。蜀の都の成都の西の郊外、錦江《きんこう》にかかる万里橋の西、浣花渓《かんかけい》のほとりに草堂を築いていた時期です。幼馴染の厳武の援助を得、友人から樹木を貰ったり、酒を飲み詩を詠い、農民たちと往来していました。この詩は五十三歳の春の作です。平和で美しい風景のなか、杜甫のこころは穏やかです。連作の二首目も見ておきましょう。

江碧鳥逾白　江《こう》は碧《みどり》にして鳥《とり》逾《いよ》いよ白《しろ》く

山青花欲然　山《やま》は青《あお》くして花《はな》然《も》えんと欲《ほっ》す

訳

日が長くなり暮れるのが遅い春、川も山も麗しく、春風に花や草が香っている。冬のあいだ凍っていた土が柔らかな泥となり、巣作りのため燕が飛び交い、暖かな沙では鴛鴦《おしどり》が仲良く並んで眠っている。

今春看又過
何日是帰年

今春《こんしゅん》看《みす》みす又《また》過ぐ
何《いず》れの日《ひ》か是れ帰年《きねん》ならん

江《かわ》の水は深い緑色に澄みわたり、鳥はますます白い。山は青々として、花は燃えるかのように真赤だ。今年の春もみるみるうちに過ぎ去っていく。いったい、いつになったら故郷に帰れることやら。

平和な生活のなかにあっても、杜甫は長安に帰り、社会の平和のために働きたいと思っていました。

木《ぼく》末《まつ》芙《ふ》蓉《よう》の花《はな》
山《さん》中《ちゅう》紅《こう》萼《がく》を発《ひら》く

木末《こずえ》に咲いた
芙蓉《はす》の花のように、
コブシの花が
山の中で
紅い花を開いた。

水に咲くハスが、
木に咲くことは
あり得ません。
コブシは
この世のものとは
思えないほど美しい
というのです。

辛夷塢

王《おう》維《い》

木末芙蓉花
山中発紅蕚
澗戸寂無人
紛紛開且落

辛《しん》夷《い》塢《お》

木《ぼく》末《まつ》芙《ふ》蓉《よう》の花《はな》
山《さん》中《ちゅう》紅《こう》蕚《がく》を発《ひら》く
澗《かん》戸《こ》寂《せき》として人《ひと》無《な》し
紛《ふん》々《ぷん》として開《ひら》き且《か》つ落《お》つ

訳

木末《こずえ》に咲く蓮《はす》のように、コブシの花が山の中で紅い花を開いた。谷川の家は静かで人の気配もない。ただコブシの花が盛大に咲き、ハラハラと散り続けている。

春

「芙蓉の花」はハスの花のこと。「木の末」は梢《こずえ》。梢にハスの花は咲きません。ここは、ハスの花のようなコブシの花、という意味。それが山の中で紅い花を開いたといいます。「発」は開く。パッと開くイメージ。「萼《がく》」は花の萼ですが、花そのものをいうときにも使います。モノの部分をいってそのモノを表す用法です。例えば「孤帆」、一つの帆が一そうの小舟の意になるのと同じです。

前半では、山の中で紅いコブシの花が咲いたといいます。それは詩題に「塢」とあることから川沿いのつつみに咲いています。転句の「澗」は谷川のことで、「澗戸」はその川沿いの家、そこには人もなくシーンとしています。花が咲いても誰も見る者はいません。しかしコブシは「紛紛」と、たくさん入り乱れるように開き、また散っていきます。

早春の山奥、人の姿はなく、あたりはシーンと静かで、ただ谷川のせせらぎだけがきこえてきます。音が一つだけあると、いっそう静けさがきわだちます。その静寂のなか、大きな辛夷《こぶし》の花が、芙蓉のように気高く咲き、またハラハラ散っています。これは人と関わりなく、いつも自然にあることです。しかし、人はだれもその美しさに気づかず、見むきもしません。作者の王維だけが見ています。「静」のなかの「動」を捉えて、その感動を詠います。清らかな水と紅い花も印象的です。

春

胡《こ》蝶《ちょう》双《そう》々《そう》菜《さい》花《か》に入《い》る

晩春田園雑興
范《はん》成《せい》大《だい》

胡蝶双双入菜花
日長無客到田家
鶏飛過籬犬吠竇
知有行商来買茶

晩《ばん》春《しゅん》田《でん》園《えん》雑《ざっ》興《きょう》

胡《こ》蝶《ちょう》双《そう》々《そう》菜《さい》花《か》に入《い》る
日《ひ》長《なが》くして客《かく》の田《でん》家《か》に到《いた》る無《な》し
鶏《とり》は飛《と》んで籬《まがき》を過《す》ぎ犬《いぬ》は竇《あな》に吠《ほ》ゆ
知《しん》ぬ行《ぎょう》商《しょう》の来《き》たりて茶《ちゃ》を買《か》う有《あ》るを

蝶々が
つがいになって
ヒラヒラ菜の花畑に
飛んでいく。
春のおだやかな田園。

解説

江南の春の、のんびりした昼下がり。訪れる人もなくシーンとし

ています。ところが、鶏が垣根を超えてバタバタ飛び、犬が吠えている。なにが起きたのかと見れば、茶を買いつけに行商人がやってきたのです。鶏と犬の騒ぎが静まると、前にもましてひっそり静まり返ります。

農村の風景をスケッチした詩です。この何気ない詩から当時の農村の風景が見えてきます。茶葉を買いつけに村々を回る商人がいたこともわかります。行商人は官の許可を得て茶園から買いつけることが許されていました。

作者は六十一歳のときに官吏を辞めて故郷（江蘇省蘇州）に帰り、石湖の旧宅で恩給生活をしていました。その時、田野の景色を気の向くまま絶句にスケッチし、歳の終わりに六十首を得ました。題して「四時《しいじ》田園雑興」。「春日」「晩春」「夏日」「秋日」「冬日」に分けて、各十二首を収載しています。

訳

蝶々がつがいになってヒラヒラ菜の花畑に飛んでいき、春の日永には農家を訪れる客もない。おや、だれか来たようだ。鶏がバタバタと飛び騒いで垣根をこえて行き、犬がくぐりの穴のあたりで吠えている。そうか、行商人が茶を買いつけにきたのだな。

桃《とう》花《か》流《りゅう》水《すい》杳《よう》然《ぜん》として去《さ》り
別《べつ》に天《てん》地《ち》の人《じん》間《かん》に非《あら》ざる有《あ》り

山中問答

李《り》白《はく》

問余何意棲碧山
笑而不答心自閑
桃花流水杳然去
別有天地非人間

山《さん》中《ちゅう》問《もん》答《どう》

余《よ》に問《と》う何《なん》の意《い》ありてか碧《へき》山《ざん》に棲《す》むと
笑《わら》って答《こた》えず　心《こころ》自《おの》ずから閑《かん》なり
桃《とう》花《か》流《りゅう》水《すい》杳《よう》然《ぜん》として去《さ》り
別《べつ》に天《てん》地《ち》の人《じん》間《かん》に非《あら》ざる有《あ》り

桃の花びらが
清らかな水に
浮かんで遠くに
流れて行く。
ここは俗人が棲む
世界とは違う
別天地だ。
桃の花が咲く桃源郷。

解説

世間とかけ離れた理想的な場所や環境をよく「別天地」といいますが、この詩の結句がその出典です。「人間」は「じんかん」と読み、人の世、俗世間、をいいます。第四句の「別に天地の人間に非ざる有り」は、別に天地が有る、その天地は俗人の天地とは異なる、ということです。そこで俗世間と異なる別天地がある、と訳します。

どうして「非人間」、俗世間と異なる、というのでしょうか。そのヒントは第一句目の「碧山」にあります。碧山は、青々と木々の繁る美しい山のことです。同じ意味で「青山《せいざん》」という言葉もあります。「碧山」と「青山」はどちらも青々とした山ですが、「青山」は、身近にあって親しみやすい青々とした山です。それに対して「碧山」は、俗人を拒絶する青々とした山です。第一句の「余に問ふ何の意ありてか碧山に棲むと」は、俗人が尋ねたのです。俗人に言っても

わかってもらえませんから、作者は笑っているだけなのです。

桃の花びらを浮かべた清らかな水が遠くへと流れていく、といいますが、でもなぜ桃の花なのでしょうか。

李白は唐の時代の人で、三百年ほど遡った晋の時代に、陶淵明《とうえんめい》がいました。役人生活がいやになってきっぱり役人をやめ田舎で悠々自適した人です。酒と菊が大好きで、絃のない琴（無絃琴）を弾いていた、ということでも知られる隠者です。その陶淵明に、「桃源郷」の語の出典の「桃花源の記」という文章があります。川の両岸は桃の林、桃の林を抜けたところに山があり、その山の向こうに理想郷があった、という話です。李白の描く風景はまさしく陶淵明のいう理想郷です。

李白の「山中問答」は、陶淵明の境地を踏まえながら、むずかしいことばを用いず、心清らかな人の棲む、美しい世界を詠っていま

訳
人が私に、どんなつもりでこんな奥深い山に棲んでいるのか、と問う。しかし私はにこにこ笑っているだけで何も答えない。心はおのずから落ち着いて、のどかである。清らかな水が桃の花びらを浮かべて遥か遠くへと流れていく。ここにこそ俗世間と異なる別の天地があるのだ。

す。青々とした山あいを、清らかな水が桃色の花びらを浮かべて遠くへと流れていく風景は、何と心が落ち着くことでしょう。「心自ずから閑なり」という気持ちがよくわかります。

陶淵明に、よく知られる「菊を采る東籬《とうり》の下／悠然として南山を見る」の句のある「飲酒」と題する詩があります（248ページ）。その詩で自問自答の形で

問君何能爾　君に問う　何ぞ能《よ》く爾《しか》るやと

心遠地自偏　心遠ければ　地《ち》自《おのず》から偏《へん》なり

という句があり、また最後に

欲辯已忘言　弁《べん》ぜんと欲して已に言を忘る

ともあります。李白の詩の前半の問答形式と、「笑って答えず心自ずから閑なり」は、陶淵明の詩が下敷きになっています。

人《じん》面《めん》祇《た》だ今《いま》　何《いず》れの処《ところ》にか去《さ》る
桃《とう》花《か》旧《きゅう》に依《よ》りて春《しゅん》風《ぷう》に笑《え》む

桃の花のような
あの人はどこへ
行ったのだろう、
桃の花だけは去年と
変わらず春風に
微笑んでいるのに。

人面桃花

崔護《さいご》

去年今日此門中
人面桃花相映紅
人面祇今何処去
桃花依旧笑春風

人《じん》面《めん》桃《とう》花《か》

去《きょ》年《ねん》の今《こん》日《にち》此《こ》の門《もん》の中《うち》
人《じん》面《めん》　桃《とう》花《か》　相《あ》い映《えい》じて紅《くれない》なり
人《じん》面《めん》祇《た》だ今《いま》　何《いず》れの処《ところ》にか去《さ》る
桃《とう》花《か》旧《きゅう》に依《よ》りて春《しゅん》風《ぷう》に笑《え》む

訳

去年の今日、この門の中で、あの人の顔《かんばせ》と桃の花とが紅《くれない》色《いろ》に引き立て合っていた。今年再びやってきてみると、あの人の姿は見えない。いったいどこへ行ってしまったのだろう。桃の花は去年と変わらず春風に微笑《ほほえ》みかけているのに。

この詩は、唐の孟棨《もうけい》の『本事詩《ほんじし》』に次の話とともに載っています。

進士の試験に合格できなかった崔護《さいご》が、清明節《せいめいせつ》の日、独り郊外へ散歩に出かけ、喉が渇いたので近くの一軒家で水を求めた。応対してくれたのはその家の娘さん。

娘は奥に入って一杯の水を持ってきて、門を開き腰掛を用意して崔護に座らせ、自分は小さな桃の木の斜めになった枝に身を寄せてたたずみ、崔護に熱い思いを寄せている様子。その姿は、たおやかであふれんばかりの美しさ。崔護が言葉をかけてみても返事はなく、しばらくじっと見つめているばかりだった。崔護が暇乞いすると、娘は門のところまで見送って来て、募る思いを抑えきれない様子で奥に入っていった。崔護も何度も後を振り返りながら家に帰ったが、その後はそれきり訪ねることもなかった。

一年後、清明節の日、崔護は娘のことを思い出しその家を訪ねた。

ところが門がかたく閉ざされていた。そこで崔護は娘のおもかげをしのびつつ、この詩を書きつけた。数日後もう一度訪ねると、父親が出て来て「あなたは私の娘を殺した」という。驚いてわけを聞くと、娘は昨年来ずっと崔護をおもいつづけていたが、先日外出して帰ってこの詩を見て絶食して死んだのだという。崔護は娘の亡きがらを抱きしめ、祈って「私はここにいますよ」といった。すると、しばらくして娘の目があき、半日ほどで生き返った。父親は喜び、娘を崔護に嫁がせたのだった。

門に書きつけた詩は素朴な味わいのある即興詩で、崔護の素直な思いが伝わります。

水《みず》を渡《わた》り復《ま》た水《みず》を渡《わた》り
花《はな》を看《み》還《ま》た花《はな》を看《み》る

川を渡り、
また川を渡り、
花を見、
また花を見る。

尋胡隠君
高啓《こうけい》

渡水復渡水
看花還看花
春風江上路
不覚到君家

胡隠君《こいんくん》を尋《たず》ぬ

水《みず》を渡《わた》り復《ま》た水《みず》を渡《わた》り
花《はな》を看《み》還《ま》た花《はな》を看《み》る
春風《しゅんぷう》江上《こうじょう》の路《みち》
覚《おぼ》えず君《きみ》が家《いえ》に到《いた》る

訳

川を渡り、また川を渡り、
花を見、また花を見る。
春風の吹く川沿いの路を
歩いているうちに、いつ
のまにか君の家に来てし
まったよ。

解説

「水を渡り」「花を看る」を重ねて繰り返す表現から、川沿いの路を足の向くまま気の向くまま、寄り道をしながら歩いているようすがうかがえます。高啓は水の都として知られる蘇州《そしゅう》の人です。むかし蘇州城内は水路と陸路が縦横に走っていました。城内の移動には舟を利用することもありました。郊外に出れば広々とした平野に大小の川が流れ、湖や沼があり、春の日ざしに輝いていたことでしょう。春の先駆けには梅の花、やがて桃の花や海棠の花が咲き、杏子《あんず》、梨、菜の花などが咲きます。花のまわりにはチョウが舞いハチも飛んでいます。高い木の上にはカササギが大きな巣を作り、あちらこちらから鳥の美しい鳴き声が聞こえてきます。詩の前半はわずか十文字ですが、繰り返しの素朴な表現から、江南の春の美しい風景が目の前に浮かんできます。

詩題「胡隠君」の胡は姓です。具体的には誰かわかりません。「隠君」は隠遁《いんとん》生活をしている人。隠者とも隠士などともいいます。胡隠君を尋ねて行く作者も隠士然としています。

高啓は、字《あざな》は季迪《きてき》、長洲（江蘇省蘇州）の人で、松江《しょうこう》の青邱《せいきゅう》に住み、青邱と号しました。元《げん》の末、張士誠《ちょうしせい》の治下にいて、その重臣饒介《じょうかい》のサロンに招かれ、並み居る諸先輩の前で真っ先に佳詩を作り、詩名をあげました。十八歳の時豪家の周子達《しゅうしたつ》の娘と恋愛し、詩才によって結婚が許されました。

このころ作った「青邱子歌《せいきゅうしか》」は、文学論を述べた長編の詩で、森鷗外によって日本語の詩に訳されました。明治の当時は漢詩漢文は訓読するのが一般的でしたが、この鷗外の日本語による訳詩が嚆矢《こうし》となって、土岐善麿《ときぜんまろ》の『鶯の卵』や佐藤春夫の『車塵集《しゃじんしゅう》』『玉笛譜《ぎょくてきふ》』、井伏鱒二《いぶせますじ》の『厄除《やくよ》け詩集』など、訓読によらず日本語の詩に翻訳する「翻案詩」が次々に生まれました。最近では日夏耿之介《ひなつこうのすけ》氏に『唐山感情集』があります。

高啓は明の洪武帝《こうぶてい》の初期、招かれて都の南京に行き、『元史』の編纂にたずさわり、三年ののち戸部右侍郎《こぶうじろう》（大蔵次官）に抜擢されます。

が、辞退して故郷の青邱に帰りました。洪武七年（一三七四）、蘇州の長官魏観《ぎかん》が府庁舎を改修して謀反と密告され、死刑になりました。高啓は魏観と親交があり、府庁の上梁文を書いていたため、連座して腰斬の刑に処せられました。三十九歳でした。「宮女図」という詩が帝を風刺していたので憎まれていた、ともいわれています。

高啓は、漢魏から唐宋までの詩を広く学び、『高青邱全集』十八巻、『鳧《ふ》藻集《そうしゅう》』五巻などがあります。もともと自由を好む隠者のような人柄で、詩には田園の風物、茶摘み、養蚕、牧牛などを詠い、鴨を射たりタケノコを焼いたりする詩もあれば洪水を詠う詩もあります。花ではとくに梅の花を好み、「梅花九首」をはじめ多くの梅の詩があります。

青《せい》山《ざん》は黛《まゆずみ》の如《ごと》し　遠《えん》村《そん》の東《ひがし》
嫩《どん》緑《りょく》　長《ちょう》渓《けい》　柳《りゅう》絮《じょ》の風《かぜ》

山はまゆずみ色に
かすんで
村の東にひろがり、
新緑の萌《も》えたつ
谷川に柳絮が
風に舞う。

青い山、新緑の谷川、
白い綿のような
柳絮が舞う。
美しい春の風景。

春

春日雑詠

高珩《こうこう》

青山如黛遠村東
嫩緑長渓柳絮風
鳥雀不知郊野好
穿花翻恋小庭中

春日雑詠《しゅんじつざつえい》

青山《せいざん》は黛《まゆずみ》の如《ごと》し　遠村《えんそん》の東《ひがし》
嫩緑《どんりょく》　長渓《ちょうけい》　柳絮《りゅうじょ》の風《かぜ》
鳥雀《ちょうじゃく》は知《し》らず郊野《こうや》の好《よ》きを
花《はな》を穿《うが》ち翻《かえ》って恋《こ》う小庭《しょうてい》の中《うち》

訳

山はまゆずみ色にかすんで村の東に広がり、新緑の萌えたつ谷川に柳絮が風に舞う。鳥たちはこうした郊外のよさを知らないのか、わが家の小さな庭のなかを花から花へと飛び回っている。

解説

承句は「嫩緑《どんりょく》・長渓《ちょうけい》・柳絮《りゅうじょ》の風《かぜ》」と、名詞を並べます。この句法は杜牧《とぼく》を学んだのでしょうか。杜牧の「江南の春」（85ページ）では「水村山郭《すいそんさんかく》酒旗の風」とあります。杜牧の場合は「村」と「郭」がどちらも「ムラ」を表していて意味的な重複がありますが、この高珩の詩では意味的な重複を避けて奥行きのある空間を詠っています。また、「柳絮の風」が、後半の「鳥雀」を誘い出す伏線ともなっています。「嫩緑」は若葉の緑、「長渓」は長く続いている谷川です。

起句の「遠村」は町から遠く隔たった村のことですが、陶淵明《とうえんめい》の「曖曖《あいあい》たり遠人《えんじん》の村《むら》」（「園田の居に帰る」）に通じ、町から遠く離れたなつかしい村の感じがでます。この「遠」と「長渓」の「長」とによって、風景が大きくうたわれ、その大きさに対して、後半は「花」や「小庭《しょうてい》」の小さなさまを強調します。こんなに狭い庭にいなくても、もっと広い場所、すばらしい世界があるよ、というのです。

作者の高珩《こうこう》（一六一二～一六七九）は、淄川《しせん》（山東省）の人で、明の崇禎十六年（一六四三）の進士、清になってからは刑部侍郎《けいぶじろう》（刑事行政をつかさどる官庁の次官）になっています。

春《しゅん》眠《みん》暁《あかつき》を覚《おぼ》えず
処《しょ》々《しょ》啼《てい》鳥《ちょう》を聞《き》く

いつ夜が明けたのか
気がつかなかった。
あちこちから
鳥の鳴き声が
聞こえてくる。
春の朝の眠りの
心地よさ。

春暁

孟《もう》浩《こう》然《ねん》

春眠不覚暁
処処聞啼鳥
夜来風雨声
花落知多少

春暁《しゅんぎょう》

春眠《しゅんみん》暁《あかつき》を覚《おぼ》えず
処々《しょしょ》啼鳥《ていちょう》を聞《き》く
夜来《やらい》風《ふう》雨《う》の声《こえ》
花《はな》落《お》つること知《し》んぬ多《た》少《しょ》ぞ

訳

春の眠りはここちよく、いつ夜が明けたのか気づかなかった。あちこちから鳥の鳴く声が聞こえてくる。そういえば、夜の間ずっとはげしい雨風《あめかぜ》の音がしていたが、庭の花はどれくらい散ったことやら。

解説

春とはいえ、明け方はまだ寒く、暖かい布団にくるまって、ついつい寝過ごしてしまいます。この詩の前半はそうした心地よさを詠っています。外から鳥の声が聞こえてきます。「聞」はきくともなく「きこえてくる」ことで、耳をそばだててきくときは「聴」といいます。まだ覚めやらず、うつらうつらしているので「聞」というのです。

第三句の「夜来」は要注意です。夜が来ると、と訳す人がいますが、それは誤りです。詩の前半の布団の中にいる状態は後半も続いています。暖かい布団にくるまりながら、そういえば夜の間ずっと、と思い出しているのです。激しい春の嵐で何度も目が覚めたのでしょう。嵐もおさまり鳥も鳴き、庭には雨に濡れた花がたくさん散り、朝日に照らされ水滴がキラキラ輝く、そんなことをうつらうつらしながら想像しているのです。「知多少」は、どれくらいかわからない、という意味です。言外に「たくさん」という意が含まれます。

役所勤めをしていると日が昇る前に衣冠装束をつけて出勤しなければなりません。暖かい布団の中にいつまでもいられるのは、役所勤めのない気ままな生活であることを暗にいいます。

惟《た》だ春風《しゅんぷう》の最《もっと》も相《あ》い惜《お》しむ有《あ》り
慇《いん》懃《ぎん》に更《さら》に手《しゅ》中《ちゅう》に向《む》かって吹《ふ》く

折楊柳

楊《よう》巨《きょ》源《げん》

水辺楊柳麹塵糸
立馬煩君折一枝
惟有春風最相惜
慇懃更向手中吹

折《せつ》楊《よう》柳《りゅう》

水辺《すいへん》の楊柳《ようりゅう》麹《きく》塵《じん》の糸《いと》
馬《うま》を立《と》め君《きみ》を煩《わずら》わして一枝《いっし》を折《お》る
惟《た》だ春風《しゅんぷう》の最《もっと》も相《あ》い惜《お》しむ有《あ》り
慇《いん》懃《ぎん》に更《さら》に手《しゅ》中《ちゅう》に向《む》かって吹《ふ》く

春風は別れを
惜しむかのように、
折りとった柳の枝を
持つ手の中に
丁寧に吹いている。

手の中で
風に揺れる柳は、
別れを惜しむ作者の
揺れる心。

解説

別れていく人々との惜別の情をストレートにいわず、春風が枝との別れを惜しんでいる、といいます。

「麹塵」は麹のカビのような黄緑色をいいます。「麹塵の糸」は、黄緑色に芽吹いたばかりの柳の枝です。古来中国では、柳の枝を折って丸く「環《わ》」にして旅人に贈る習慣がありました。「環《かん》」は「帰る」の「還《かん》」に通じます。また「柳」の発音「リュウ」は「留」とも通じます。あなたへのおもいを留めるのです。また柳はどんなところでも生長する生命力の強い植物です。そこで柳は、元気で帰ってき

訳

水辺の柳は、柔らかな芽が萌え出て麹《こうじ》のカビの色のよう。馬を止めて君に枝を折ってもらう。すると春風は枝との別れを惜しむかのように、手の中にまで丁寧に吹いてくる。

てくださいという願いをこめて旅人に贈られました。つまり、詩に「柳」が詠われると、「別れ」が想起され、おのずから「別れの悲しみ」が湧くように働くのです。

旅立つ人に贈る品物や詩歌を「餞別《せんべつ》」といいます。日本では「はなむけ」といい、『土佐日記』にも次のようにいいます。

男もすなる日記といふものを、女もしてみむとて、するなり。

……

二十二日に、和泉の国までと、平らかに願立つ。藤原ときざね、船路なれど馬のはなむけす。上中下酔ひあきて、いとあやしく、潮海のほとりにてあざれあへり。

「船」旅なのに「馬」の鼻向けをしたという文章上の遊びですが、日本では別れのときに馬の鼻づらを旅立つ方に向けて無事を祈ったことから、このような諧謔が可能になるのです。

渭《い》城《じょう》の朝《ちょう》雨《う》軽《けい》塵《じん》を浥《うるお》し
客《かく》舎《しゃ》青《せい》々《せい》柳《りゅう》色《しょく》新《あら》たなり

旅館のそばの柳は
青々として
いま芽吹いた
ばかりのようだ。
柳は別れの
象徴です。

送元二使安西

王維《おうい》

渭城朝雨浥軽塵
客舎青青柳色新
勧君更尽一杯酒
西出陽関無故人

元《げん》二《じ》の安《あん》西《せい》に使《つか》いするを送《おく》る

渭《い》城《じょう》の朝《ちょう》雨《う》軽《けい》塵《じん》を浥《うるお》し
客《かく》舎《しゃ》青《せい》々《せい》柳《りゅう》色《しょく》新《あら》たなり
君《きみ》に勧《すす》む　更《さら》に尽《つ》くせ一《いっ》杯《ぱい》の酒《さけ》
西《にし》のかた陽《よう》関《かん》を出《い》づれば故《こ》人《じん》無《な》からん

訳

出発の朝、渭城の町に通り雨が降り、軽く舞っていた塵をしっとりうるおした。旅館の前の柳も洗われ、芽吹いたばかりのように青々と新しい。君に更にもう一杯勧めよう、この酒を飲みほしてくれたまえ。西の陽関を出たら旧知の友はいないのだから。

詩題にいう「元二」の「元」は姓で、「二」は排行《はいこう》です。どんな人物かはわかっていません。排行とは、一族の同世代の人につける順番です。「安西《あんせい》」は、盛唐時代に安西都護府《あんせいとごふ》の置かれた亀茲《きゅうじ》、今の新疆ウイグル自治区の庫車《クチャ》です。元二は、起句の「渭城」（今の咸陽）から、結句の「陽関」（敦煌《トンコウ》の西に置かれた関所）を通って、さらに西の「安西」に行きます。西に旅立つ人は、渭城（咸陽）で最後の別れをしました。別れの宴は、一日、三日、一週間、と長く続くこともあったようです。

この詩は、西の陽関を出たら親友はいないのだから、もう一杯だけ私の酒を飲みほしてくれと、惜別の情をわかりやすく詠っています。が、前半と後半は、どういうつながりがあるのでしょうか。第二句の「旅館の前の柳が青々として新しい」という句と、次の句の「更に尽くせ一杯の酒」との間に断絶のあることにお気づきでしょうか。

七言絶句は、承句と転句の間に断絶があることによって、詩の広がりと奥行きが加味され、余韻・余情がたゆたいます。特にこの詩の場合は、「柳」のイメージが明らかであることから、断絶の効果がはっきりと確認できます。

さて、詩歌に詠われる別れの情景は、日本も中国も伝統的に秋の夕暮れでした。しかし、この詩は春の朝です。通り雨がさっと降って、柳がたったいま芽吹いたかのように青々とします。爽やかでみずみずしい春の朝です。従来の場面設定とはまったく逆の季節と時間です。これによって、別れがいっそう新鮮に感じられます。まずここに、この詩の新しさがあります。

承句《しょうく》の下三字「柳色新た」は前半の情景をすべて受け止め、これが軸となり後半が展開します。表現だけを見ると、確かに「柳色《りゅうしょく》新た」と「更に尽くせ一杯の酒」がつながらず、断絶しています。が、「柳」のイメージが働くと、「柳が青々として新鮮」という風景描写とともに、「別れの悲しみが新たにわき起こった」という情の動きが重なり、断絶を補い、そして次の句を導きます。

王維と元二は充分に別れの杯を酌み交わし、もうこれで心の整理もついた、いざ出発、というとき、柳を見て悲しみがまた新たに湧き起こりました。だから、「更に」もう「一杯」だけでいいから「酒」を飲み「尽くして」くれというのです。「更に尽くせ一杯の酒」は、素朴な表現ながら、万感のおもいがこもっています。

後半の表現だけでも十分惜別の情は伝わります。が、「柳」の働きを知ると、心の動揺が伝わり、ますます惜別の情が深まります。また前半の二句は、青々とした柳を詠うために、なくてはならない春の朝の通り雨であることも、納得できます。

碧《へき》玉《ぎょく》　粧《よそおい》成《な》って一《いち》樹《じゅ》高《たか》し

詠柳
賀《が》知《ち》章《しょう》

碧玉粧成一樹高
万条垂下緑糸縧
不知細葉誰裁出
二月春風似剪刀

柳《やなぎ》を詠《えい》ず

碧《へき》玉《ぎょく》　粧《よそおい》成《な》って　一《いち》樹《じゅ》高《たか》し
万《ばん》条《じょう》　垂《すい》下《か》す　緑《りょく》糸《し》の縧《とう》
知《し》らず　細《さい》葉《よう》誰《たれ》か裁《さい》出《しゅつ》せる
二《に》月《がつ》の春《しゅん》風《ぷう》　剪《せん》刀《とう》に似《に》たり

「碧玉《へきぎょく》」は、
「碧《あお》く美しい玉《ぎょく》」。
青く澄んでいる
空や水も形容します。
また女性の
名前にもなり、
女性の清楚な
美しさもいいます。
ここは女性と
柳をかけます。

解説

「粧成る」は、化粧が終わることです。「碧玉粧成る」で、柳の葉が出そろい、あおみどりの美しい色をたたえているようすを詠います。「一樹高し」は、柳が一本高く立つようす。承句の「緑糸」は、春の柳の枝をいいます。「絛《とう》」は、もともとは組み紐という意味ですが、ここでは、裙帯《くんたい》、または裾の長いスカートの意味になります。詩の前半二句は、若葉が青々と萌え出ている柳を、化粧を終えたばかりの、緑のスカートをはいた柳腰の美女に喩えているのです。

詩の後半は、「緑糸の絛」を承《う》けて、スカートを裁縫したのは誰？柳の葉を細く裁断したのは誰？と問いかけます。「不知」は、誰がそうしたのか知らないということですが、「〜かしら？」の意味です。結句はその答えで、春が風をハサミのように用いて、柳の葉を細く裁断して、スカートをこしらえた、といいます。若々しい緑をたたえた柳が、春風にしなやかになびいているようすが目に浮かびます。

訳

あおみどり色に化粧を終えたばかりのように柳がスラリと立つ。しなやかに垂れる枝は緑の糸で縫《ぬ》ったスカートのよう。柳の葉を細く裁断したのは、いったいだれ？それは春。二月の風は、ハサミのよう。

「碧玉」は、碧色の宝石で、空や水が清らかで、青く澄んでいる喩えにも使います。また六朝《りくちょう》時代には、呉の地方の歌曲に登場する女性の名前でもありました。

南朝陳《ちん》、徐陵《じょりょう》の『玉台新詠《ぎょくだいしんえい》』に、孫綽《そんしゃく》の作とされる「情人碧玉《じょうじんへきぎょく》歌《か》」が載っています。

碧玉小家女
不敢攀貴徳
感郎千金意
慚無傾城色

碧玉《へきぎょく》は小家《しょうか》の女《むすめ》
敢《あ》えて貴徳《きとく》を攀《よ》じず
郎《ろう》が千金《せんきん》の意《い》に感《かん》ずるも
慚《は》ずらくは傾城《けいじょう》の色《いろ》無《な》きを

碧玉《わたし》はいやしい家の娘。立派な方の思し召しに甘えるわけにはまいりません。あなた様の千金にも値するお心にうれしくてたまりませんが、傾城の美貌のないのが恥ずかしいのです。

この詩から、「碧玉」といえば、庶民的なかわいらしい女性、の意となりました。現代中国語でも、喩えで、ちょっとしたかわいい娘、の意で用いられます。

賀知章の詩は、碧玉のイメージをうまく用い、「粧成り」「一樹高し」「緑糸の絛《とう》」で、化粧したての、柳腰でスラリとした、緑のスカートをはいた、可愛い碧玉を連想させます。またそれによって、逆に、柳のみずみずしく、たおやかな感じが出ます。

ある情感や雰囲気をただよわすことばのなかでも、「色」のつく語は重要です。「色」の使い方によって詩の雰囲気ががらりとかわります。「色」を認識してそれをことばに表現できるのは人間だけですから、人間にしか作れない詩において「色」が重要な働きをするのは、当然といえば当然です。もちろん、民族によって、人によって、あるいは習俗・習慣の違いによって、「色」のもっている情感や雰囲気は異なります。

此《こ》の夜《よ》曲《きょく》中《ちゅう》折《せつ》柳《りゅう》を聞《き》く
何《なん》人《ぴと》か故《こ》園《えん》の情《じょう》を起《お》こさざらん

春夜洛城聞笛
李《り》白《はく》

誰家玉笛暗飛声
散入春風満洛城
此夜曲中聞折柳
何人不起故園情

春《しゅん》夜《や》洛《らく》城《じょう》に笛《ふえ》を聞《き》く

誰《た》が家《いえ》の玉《ぎょく》笛《てき》か暗《あん》に声《こえ》を飛《と》ばす
散《さん》じて春《しゅん》風《ぷう》に入《い》って洛《らく》城《じょう》に満《み》つ
此《こ》の夜《よ》曲《きょく》中《ちゅう》折《せつ》柳《りゅう》を聞《き》く
何《なん》人《ぴと》か故《こ》園《えん》の情《じょう》を起《お》こさざらん

この夜、曲のなかに、
折楊柳《せつようりゅう》があったが、
この曲を聞いて、
故郷をなつかしく
思わないものが
あるだろうか。

別れの曲と望郷と。

解説

李白三十四、五歳ころ、太原からの帰途、洛陽で作った作品です。

「洛城」は洛陽の町。「城《じょう》」は天守閣のある日本の城《しろ》とは違います。

中国では町全体が城壁で囲まれていましたので、町を「城《じょう》」あるいは「城市《じょうし》」といいます。「聞」は聞こえてくる。同じ「きく」でも「聴」は耳を傾けてきくことをいいます。

この詩は、詠い出しの「誰」が意表を突きます。一般的には、笛の音が町中に響いている、と詠い出し、いったい誰が吹いているのだろうか、と承けるでしょう。「誰」＝誰かはわからないので、美しい笛の音が「暗に」＝どこからともなく聞こえてくるのです。もちろん「暗」は夜であることも表します。この詠い出しによって読者は一気に詩の世界に引き込まれてしまいます。

「玉笛」の「玉」は笛を美しく形容する言葉です。上品で美しい音色の笛を連想させます。「飛」と「散」が「春風」と相《あ》い応《おう》じ、柔らかで暖かな風にのって美しい音色が町中に広がってゆきます。それはまた心の奥深くにも浸みわたります。「春」はさらに転句の「柳」

訳

どこの家で誰が吹くのだろうか、どこからともなく笛の音が聞こえてくる。その音は春風に乗って洛陽の町のすみずみまで響きわたる。この夜、曲のなかで、折楊柳を聞いたが、この曲を聞いて、いったい誰が故郷をなつかしく思わないものがあるだろう。

を導きます。

「折柳」は「折楊柳（楊柳《ようりゅう》を折る）」という笛の曲で、別離の曲です。「楊柳」はヤナギ。厳密に言えば「楊」はカワヤナギ、「柳」はシダレヤナギですが、漢詩ではあまり区別しません。シダレヤナギを「垂《すい》楊《よう》」ともいいます。ただし、「折柳《せつりゅう》」はあっても「折楊《せつよう》」はありません。シダレヤナギの「柳」は別れになくてはならない植物だからです（60ページ）。

「何人不起〜（何人か〜起こさざらん）」は、「いったい誰が起こさないものがあろうか、いや、みな起こす」という反語表現です。「みな」の意は承句の「満」と応じます。「故園の情」の「故園」は故郷の家の園庭です。その故園への熱い思慕の情が「故園の情」です。春の夜に湧きおこる望郷の思いを、笛の美しい音色とともにしっとりと詠った名作です。

借問《しゃもん》す酒《しゅ》家《か》何《いず》れの処《ところ》にか有《あ》る
牧《ぼく》童《どう》遥《はる》かに指《ゆび》さす杏《きょう》花《か》の村《むら》

清明

杜《と》牧《ぼく》

清明時節雨紛紛
路上行人欲断魂
借問酒家何処有
牧童遥指杏花村

清明《せいめい》

清明《せいめい》の時節《じせつ》　雨《あめ》紛紛《ふんぷん》
路上《ろじょう》の行人《こうじん》魂《こん》を断《た》たんと欲《ほっ》す
借問《しゃもん》す酒《しゅ》家《か》何《いず》れの処《ところ》にか有《あ》る
牧《ぼく》童《どう》遥《はる》かに指《ゆび》さす杏《きょう》花《か》の村《むら》

「近くに酒屋はないかね」。
牛飼いの子は、
遠くの杏《あんず》の花の咲く
村を指さした。

杏の花咲く
なつかしい村。

解説

「清明《せいめい》」は、二十四節気の一つで、春分の日から十五日目をいいます。陽暦では四月の五日か六日ころです。中国では家族そろってお墓参りに行く習慣がありました。杜牧のこの詩は、前半で、清明節にもかかわらず、一人で旅をするわびしさを詠っています。しかも、こぬか雨が降っていて、魂が消え入りそうになります。寒さもつのって、ちょっと酒でも飲もうか、と、すれ違った牧童に酒屋を尋ねると、牧童は小雨にけむるかなたを指さします。指さす先には、ボーとかすむ杏の花の咲く村があります。淡い紅色の杏の花が小雨にとけ込むやわらかな景色が描かれ、前半の惨めな気持ちから、一気に春のほのぼのとした雰囲気になります。難しいことばは一つも使われず、美しい景色とともに、作者のホッとするおもいが伝わってきます。

訳

春のさかりの清明節《せいめいせつ》、こぬか雨がしきりに降り、道行く旅人（＝私）はすっかり滅入ってしまう。「近くに酒屋はないかね」とちょっとたずねると、牛飼いの子は、遠くの杏《あんず》の花咲く村を指さした。

惆《ちゅう》悵《ちょう》す　東《とう》欄《らん》一《いっ》株《しゅ》の雪《ゆき》

和孔密州五絶　東欄梨花
蘇《そ》軾《しょく》

梨花淡白柳深青
柳絮飛時花満城
惆悵東欄一株雪
人生看得幾清明

孔《こう》密《みっ》州《しゅう》に和《わ》す五《ご》絶《ぜつ》　東《とう》欄《らん》の梨《り》花《か》

梨《り》花《か》は淡《たん》白《ぱく》柳《やなぎ》は深《しん》青《せい》
柳《りゅう》絮《じょ》飛《と》ぶ時《とき》　花《はな》城《しろ》に満《み》つ
惆悵《ちゅうちょう》す　東《とう》欄《らん》一《いっ》株《しゅ》の雪《ゆき》
人《じん》生《せい》看《み》得《う》るは幾《いく》清《せい》明《めい》

心が痛むのは、
東の欄干のあたりに
咲いていた梨の花。
雪のような白い
梨の花ともお別れだ。

解説

蘇《そ》軾《しょく》（一〇三六～一一〇一）は号を東《とう》坡《ば》といいます。北宋時代を代表する文人で、詩文はもちろん書家としても超一流です。この詩は、蘇軾四十二歳、密州知事から徐州知事に転任するおり、密州の後任知事となった孔宗翰《こうそうかん》から送られた詩に和したものです。

「淡白」と「深青」の色彩を対比させた静的な描写に始まり、承句では白い柳の花（柳絮）が飛び交う動きにつれて町中にいっせいに咲く花が詠われます。ここでは百花の色と白が美しく彩る町の風景です。しかし、転句で一転します。清明の佳節に、密州の官舎の東欄に美しく咲いていた梨花を思い浮かべているうちに、悲しい思いに沈んでいきます。「はかない人の一生のなかで、何度このような美しい清明の日と出会うことができるのだろうか」と。

花の命は短い。雪のように白い梨の花もやがて柳の花のように散っていく。前半が華やかなだけに、後半の侘しさがいっそう胸に迫ります。

訳

梨の花はほのかに白く、柳の葉はこまやかな緑色。柳の絮《わた》が舞うころは、花が町中に咲きほこる。心が痛むのは、東の欄干のあたりに咲いていた梨の花を見ることができないこと。これから何回、このようなすばらしい清明《せいめい》の景色を眺めることができるのだろう。

春

野《や》径《けい》　雲《くも》は倶《とも》に黒《くろ》く
江《こう》船《せん》　火《ひ》は独《ひと》り明《あき》らかなり

野の小径も
垂れこめる雲と
同じようにまっ黒、
川に浮かぶ船の
漁《いさり》火《び》だけが明るい。

春夜喜雨

杜《と》甫《ほ》

好雨知時節
当春乃発生
随風潜入夜
潤物細無声
野径雲倶黒
江船火独明
暁看紅湿処
花重錦官城

春《しゅん》夜《や》雨《あめ》を喜《よろこ》ぶ

好《こう》雨《う》時《じ》節《せつ》を知《し》り
春《はる》に当《あ》たって乃《すなわ》ち発《はっ》生《せい》す
風《かぜ》に随《したが》って潜《ひそ》かに夜《よる》に入《い》り
物《もの》を潤《うるお》して細《こまや》かにして声《こえ》無《な》し
野《や》径《けい》　雲《くも》は倶《とも》に黒《くろ》く
江《こう》船《せん》　火《ひ》は独《ひと》り明《あき》らかなり
暁《あかつき》に紅《くれない》の湿《うるお》える処《ところ》を看《み》れば
花《はな》は錦《きん》官《かん》城《じょう》に重《おも》からん

解説

前半は春雨が音もなく柔らかに降るさま。小ぬか雨が風とともにやってくる表現は陶淵明の「山海経《せんがいきょう》を読む」に「微雨東より来たり、好風之《これ》と倶《とも》なう」とあります。ここでは雨を擬人化して、そのひそやかな到来を喜んでいます。

後半は夜の景と翌朝の景。六句目は天も地もまっ黒です。小径《こみち》がまっ黒と言うところに春になった喜びがこもっています。冬の間凍ったように白くなっていた地面が雨で黒くなる喜びは、雪国で一面真っ白だったところに、春になって黒い土が見えてくる喜びに通じます。七句目はまっ黒の中に点《とも》る赤々とした漁火。あたたかな、喜びの色です。

その小さな赤い一点が、尾聯では町一杯に咲く赤い花になります。それは、雨に濡れて重々しく、重なるように咲いている花です。題名に「喜ぶ」というだけで詩中では「よろこぶ」とは一言もいって

訳

好い雨は降るべき時節を知っていて、春になると降りだし、そこではじめて万物が芽を出し生育する。風のままにひそかに夜に降りだし、音もなく物をしっとりうるおす。野の小径も、垂れこめる雲と同じようにまっ黒、川に浮かぶ船の漁火《いさりび》だけが明るい。夜明けに紅く湿っているところを見ると、それは錦官城に重々しく咲いている花々なのである。

いません。細かに景色を描写するなかに「よろこび」がこめられ、最後にあふれ出します。この劇的な展開に胸が震えます。

ところで、花は何でしょうか。雨が降って、重なる、重い、のイメージからすると、「二十四番花信風」（23ページ）の穀雨一候の牡丹のように思いますが……。

千《せん》里《り》鶯《うぐいす》啼《な》いて
緑《みどり》紅《くれない》に映《えい》ず

広々とひろがる
平野のあちらこちら
からウグイスの
鳴き声が聞こえ、

江南春

杜《と》牧《ぼく》

千里鶯啼緑映紅
水村山郭酒旗風
南朝四百八十寺
多少楼台煙雨中

江《こう》南《なん》の春《はる》

千《せん》里《り》鶯《うぐいす》啼《な》いて緑《みどり》紅《くれない》に映《えい》ず
水《すい》村《そん》山《さん》郭《かく》酒《しゅ》旗《き》の風《かぜ》
南《なん》朝《ちょう》四《し》百《ひゃく》八《はっ》十《しん》寺《じ》
多《た》少《しょう》の楼《ろう》台《だい》煙《えん》雨《う》の中《うち》

若葉の緑が花の
紅い色と照り
映えている。
広々とした
江南の春の情景。

解説

杜牧は「江南」という漠然とした地域の「春」を、晴れの日の農村地帯を前半に、春雨にけむる古都を後半に描きます。起句の「千里」は千里四方の意で、きわめて広いことをいいます。「鶯」は春を告げるウグイス（コウライウグイス）で、「黄鳥《こうちょう》」「黄鸝《こうり》」ともいいます。「映」は二種の色彩がコントラストをなして互いに際立つこと。起句は彩りがとても美しく、ウグイスの鳴き声も心地よく響きます。

承句の「山郭」は山村、山ざと。「郭」は村里の外くるわをいいます。「酒旗」は酒屋の目じるしとして立てた旗や旆《のぼり》で、酒の銘柄などが書かれていました。「酒帘《しゅれん》」「酒旆《しゅはい》」ともいいます。

前半は、晴れた日の江南の豊かな農村の風景です。歩くほどに風に揺れる酒屋の旗が目に映り、酔うような心地よい春風が吹いていてます。歩いて喉が渇いたのでしょうか、「酒旗」を詠うあたりに杜牧の個性が表れ、前半の二句に春の心地よさが広がります。

後半も数字が使われています。「四百八十」は数が多いことをいいますが、実際にそれくらいの寺があったようです。金陵（建康）に都をおいた宋、斉、梁、陳の南朝時代、貴族が勢力をもち、仏教

訳

広々とひろがる平野のあちらこちらからウグイスの鳴き声が聞こえ、若葉の緑が花の紅い色と照り映えている。水辺の村にも、山辺の村にも、酒を売る旗や旆《のぼり》がゆれている。古都金陵には南朝以来四百八十もの寺院がたちならび、煙るような雨のなかで楼台がおぼろに霞んでいる。

が栄え、寺院は五百余り、僧尼は十余万人いたといいます。

「四百八十寺」を「シヒャク・ハッシンジ」と読んでいますが、これは二字目の「朝」が平声《ひょうしょう》で、六字めの「十」の位置には平声の字がこないと七言絶句の規則に合わないことから、仄声の「十」（ジフ・仄声）を侵韻（平声）の「シム（シン）」で読んでいるのです。たしかに、「ハチジュウジ」より「ハッシンジ」の方が発音しやすいです。ただ、詩法からすると、転句の下三字が「仄（1）仄（2）仄（3）」と続くとき、中国語では「仄（2）」の声調が変化し、平声のように発音することがあります。中国の注釈には「シム（シン）」に読み替えることはありません。

結句の「多少」はどれくらい、という疑問詞ですが、「多い」に比重がかかります。「どれくらいの楼台がおぼろに霞んでいることだろうか、さぞ多いことだろう」の意になります。

「江南」は長江下流の東南の一帯で、一般的には蘇州・鎮江・南京などを指します。ここでは転句から南朝時代の都・金陵（建康）、現在の南京をさします。前半の広々とした明るい雰囲気から一転して、後半は古都金陵の多くの楼台が春雨にけむる暗い雰囲気に変ります。時の流れによって歴史も朧になり、歴史の深さと重さによって厳粛な気分、また悲しい気持ちになります。「江南」の空間と歴史を、晴れと雨のなかで捉え、古都の幽玄なたたずまいで結ぶ手法はみごとです。

晩《ばん》来《らい》何《なに》者《もの》か門《もん》を敲《たた》いて至《いた》る
雨《あめ》と詩《し》人《じん》と落《らっ》花《か》と

春雨到筆庵
広瀬《ひろせ》旭荘《きょくそう》

菘圃葱畦取路斜
桃花多処是君家
晩来何者敲門至
雨与詩人与落花

春《しゅん》雨《う》に筆《ひっ》庵《あん》に到《いた》る
菘《しゅう》圃《ほ》葱《そう》畦《けい》路《みち》を取《と》ること斜《なな》めなり
桃《とう》花《か》多《おお》き処《ところ》　是《こ》れ君《きみ》が家《いえ》
晩《ばん》来《らい》何《なに》者《もの》か門《もん》を敲《たた》いて至《いた》る
雨《あめ》と詩《し》人《じん》と落《らっ》花《か》と

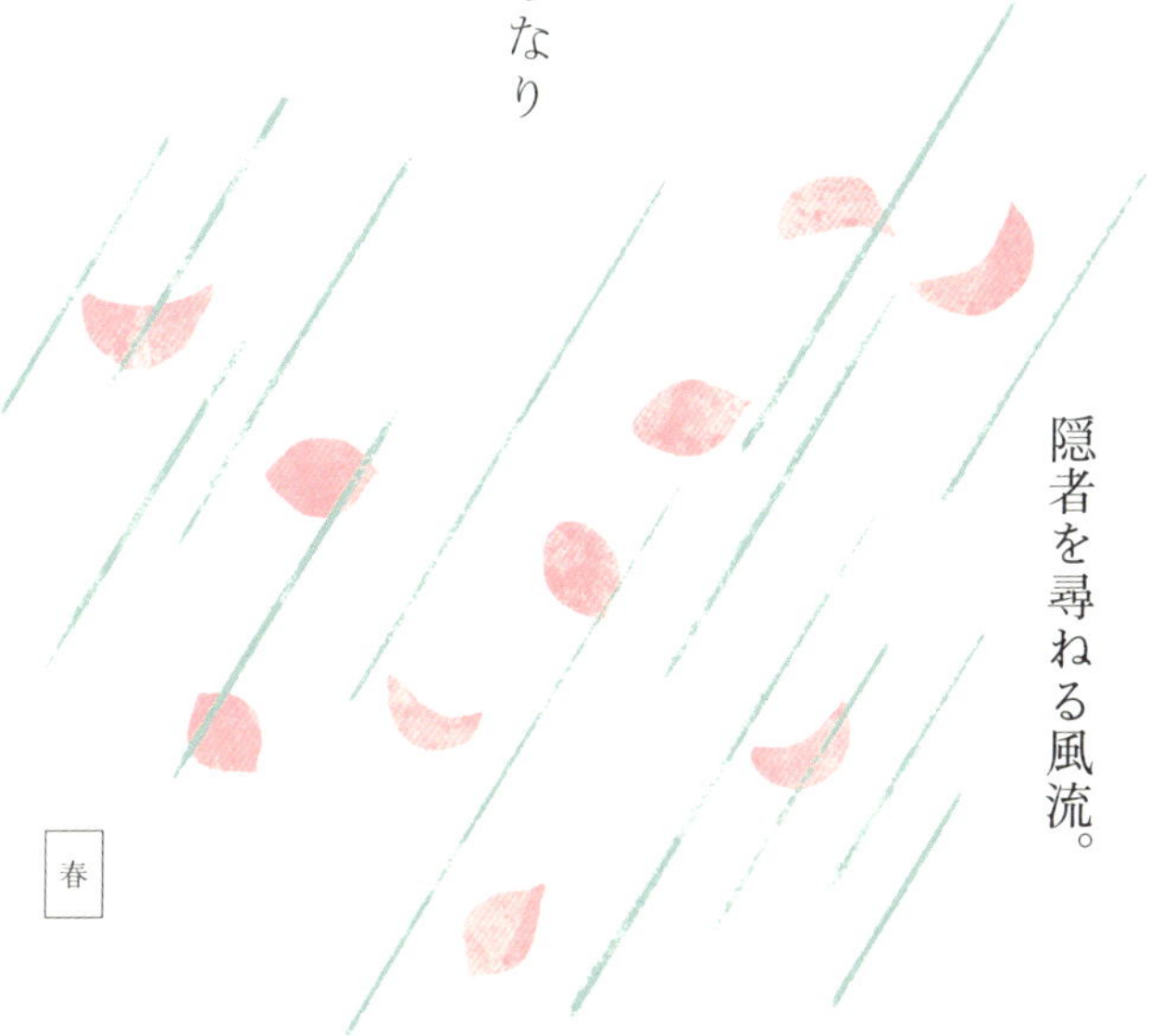

夕方尋ねてくるのは、
春雨と詩人と花吹雪。
隠者を尋ねる風流。

解説

春の夕暮れ、霧雨のなか農村の奥に隠れ住む友人を訪ねたときの作品です。「菘」はトウナ、「葱」はネギ、「圃」は畑、「畦」はうね、あぜ道をいいます。杜甫の「晩に晴れ、呉郎に北舎に過《よ》ぎらる（晩晴呉郎見過北舎）」に「圃《ほ》畦《けい》新《しん》雨《う》に潤う、子《し》の鉏《しょ》を廃して来るに愧《は》ず」（菜園のうねは降ったばかりの雨でぬかるんでいるのに、おまえが農作業をやめてきてくれたのをありがたく思う）とあります。杜甫の詩は夕方の雨上がり。この詩は、霧雨のなか、花吹雪とともに友の家の戸を叩いたといいます。もちろん「詩人」は自分のことです。なんとも風流で洒落ています。春雨に煙るなかの紅の桃の花が艶を添えます。

訳

唐菜の畑やねぎの畑の横のあぜ道をどこまでも上って行くと、桃の花の咲き乱れた所に出る、そこが君の家だ。暮れ方、何者かが戸を叩く。それは春雨と詩人と花吹雪。

花《はな》を穿《うが》つ蛺《きょう》蝶《ちょう》は
深《しん》々《しん》として見《み》え
水《みず》に点《てん》ずる蜻《せい》蜓《てい》は
款《かん》々《かん》として飛《と》ぶ

花々の中でチョウは、
蜜を吸い、
尾を水につけながら
トンボが
ゆるやかに飛ぶ。

昆虫に注ぐ
暖かな眼差し。
七十歳を「古稀」
という出典の
詩の一聯《れん》。

春

曲江二首　其二

杜《と》甫《ほ》

朝回日日典春衣
毎日江頭尽酔帰
酒債尋常行処有
人生七十古来稀

曲《きょっ》江《こう》二首　その二

朝《ちょう》より回《かえ》りて日《ひ》日《び》春《しゅん》衣《い》を典《てん》し
毎《まい》日《にち》江《こう》頭《とう》に酔《よ》いを尽《つ》くして帰《かえ》る
酒《しゅ》債《さい》尋《じん》常《じょう》行《ゆ》く処《ところ》に有《あ》り
人《じん》生《せい》七《しち》十《じゅう》古《こ》来《らい》稀《まれ》なり

訳

朝廷を退出すると、毎日毎日春の衣を質に入れ、曲江のほとりで泥酔して帰る。酒の借金はふつうのことで、行く先々にたまっている。人生七十歳まで生きるのは稀なのだから、せいぜい今のうちに存分に楽しむのだ。ふと見ると、花の中に深々と入り込んでチョウが蜜を吸い、水面に尾をつけて卵を産みながらトンボがゆるやかに飛んでいる。私は風光に向かって伝えたい。私とともに流れゆき、どうかほんのしばらくの間でも、このよい季節を

穿花蛺蝶深深見
点水蜻蜓款款飛
伝語風光共流転
暫時相賞莫相違

花《はな》を穿《うが》つ蛺蝶《きょうちょう》は深々《しんしん》として見《み》え
水《みず》に点《てん》ずる蜻蜓《せいてい》は款々《かんかん》として飛《と》ぶ
伝語《でんご》す　風光《ふうこう》共《とも》に流転《りゅうてん》して
暫時相《あ》い賞《しょう》して相《あ》い違《たが》うこと莫《なか》れと

お互いに楽しみ、そむくことがないようにしよう、と。

解説

杜甫四十七歳の作品です。杜甫は安禄山の乱（七五五年）のとき長安に幽閉されましたが、新帝粛宗の行在所《あんざいしょ》に駆けつけた忠誠心によって左拾遺の官を授けられました。ここではじめて若いころからの念願だった朝廷の役人となることができました。ところが、宰相房《ぼう》琯《かん》が敗戦の責任を問われたのを弁護して、粛宗の怒りを買ってしまいます。この詩はちょうどそのころのもので、「どうせ短い人生、せいぜい酒でも飲んで楽しくやろう」と頽廃的、享楽的になっています。生真面目な杜甫には珍しいことです。

しかし、チョウやトンボが自然のままに自らの生命をまっとうしている様子を見て、はっと我に返り、しばらくでもこの自然のなかで、自然とともに生きていきたいと願います。昆虫に対する眼差しはやさしく愛にみちています。花のなかで蜜を吸う蝶、水面に尾をつけて飛ぶトンボの描写に、いとおしむおもいがあふれています。

七十歳のことを「古稀《こき》」というのは、この詩の「人生七十古来稀なり」が出典です。

雲《くも》には衣《い》裳《しょう》を想《おも》い
花《はな》には容《かんばせ》を想《おも》う

清平調詞三首　其一
李《り》白《はく》

雲想衣裳花想容
春風払檻露華濃
若非羣玉山頭見
会向瑶台月下逢

清《せい》平《へい》調《ちょう》詞《し》三首　その一

雲《くも》には衣《い》裳《しょう》を想《おも》い花《はな》には容《かんばせ》を想《おも》う
春《しゅん》風《ぷう》檻《おばしま》を払《はら》って露《ろ》華《か》濃《こまや》かなり
若《も》し羣《ぐん》玉《ぎょく》山《さん》頭《とう》に見《み》るに非《あら》ずんば
会《かなら》ず瑶《よう》台《だい》月《げっ》下《か》に向《お》いて逢《あ》わん
雲を見れば
美しい衣裳を連想し、
牡丹の花を見れば
美しい容貌が
連想される。

牡丹の花のような
楊貴妃の美しさ。
春

解説

『松窓録《しょうそうろく》』に次のようにあります。

玄宗の開元年間、宮中で木芍薬（牡丹）が重んじられた。紅、紫、浅紅、純白の四種があり、玄宗は興慶池《こうけいち》の東の沈香亭《じんこうてい》の前に移植した。たまたまその花が盛りの日、玄宗は照夜白《しょうやはく》という馬に乗り、太《たい》真妃《しんひ》（楊貴妃）は歩輦で従った。詔《みことのり》して、梨園の楽人のなかから優れた者を選んで十六部の楽を得た。名歌手として知られていた李亀《りき》年《ねん》が楽人たちを引き連れて進み出で、歌い出そうとしたとき、玄宗は「名花を賞し、妃子にむかいあっているのに、どうして旧い歌詞が用いられよう」と、翰林供奉《かんりんぐぶ》の李白に清平調の辞を三首進めさせた。白は喜んで旨を承けたが、なおまだ二日酔いが醒めずに苦しんでいて、苦しみながらこれを賦した。玄宗は梨園の楽人に命じて、その歌に合わせて管弦を奏でさせ、李亀年に歌わせた。太真妃は玻璃七宝の盞《さかづき》を持ち、西涼州の蒲桃酒（葡萄酒）を酌み、笑って歌詞の

訳

雲を見れば楊貴妃の美しい衣裳を連想し、牡丹の花を見れば楊貴妃の美しい容貌が連想される。春風は沈香亭のてすりを吹き抜け、牡丹にやどる美しい露は月の光にあでやかに輝いている。これほどの美しい人は、群玉山の上で見かけるのでなければ、きっと仙女の世界の瑶台の月のもとでしかめぐり会えないだろう。

意味を解せられた。玄宗は玉笛を吹いて曲に合わせた。云々
李白四十三、四歳。楊貴妃は二十四、五歳です。ちなみに玄宗皇帝は五十八、九歳です。起句は、雲や牡丹の花を見ても楊貴妃を連想してしまう、と、楊貴妃の美しさを二重写しに詠いだし、春風は香り、露も輝いて、すべてのモノも讃えているようだ、といいます。後半はこのような美しい人は地球上の人ではない、仙人の世界の、しかも月光のもとでしか逢えないと、楊貴妃を称えます。

競《きそ》い誇《ほこ》る天《てん》下《か》無《む》双《そう》の艶《えん》
独《ひと》り占《し》む人《じん》間《かん》第《だい》一《いち》の香《かお》り

牡丹の花の
あでやかさは天下に
並ぶものがなく、
この世で一番の
香りを独占している。

牡丹の花は
「百花の王」。

牡丹

皮日休《ひじつきゅう》

落尽残紅始吐芳
佳名喚作百花王
競誇天下無双艶
独占人間第一香

牡《ぼ》丹《たん》

残《ざん》紅《こう》落《お》ち尽《つ》して始《はじ》めて芳《はな》を吐《は》く
佳《か》名《めい》喚《よ》びて百《ひゃっ》花《か》の王《おう》と作《な》す
競《きそ》い誇《ほこ》る天《てん》下《か》無《む》双《そう》の艶《えん》
独《ひと》り占《し》む人《じん》間《かん》第《だい》一《いち》の香《かお》り

解説

百花繚乱の春のしめくくりとして、牡丹の花が咲きます。牡丹は「百花の王」で、「天下無双の艶」を誇り、「人間第一の香り」を独占していると、最上級の誉め言葉を重ねます。

李白の「清平調詞」（95ページ）では牡丹の花と楊貴妃を重ねていました。その影響があるのかもしれませんね。

訳

世の花が散り尽くしてから咲き始め、その名は百花の王と称えられる。天下に並ぶものがないあでやかさを誇り、この世で一番の香りを独占している。

客《かく》散《さん》じ酒《さけ》醒《さ》む　深《しん》夜《や》の後《のち》
更《さら》に紅《こう》燭《しょく》を持《じ》して残《ざん》花《か》を賞《しょう》す

花下酔

李《り》商隠《しょういん》

花《か》下《か》に酔《よ》う

酔いが醒めた深夜、
さらに紅燭を
手にして散り残った
花をながめる。
幻想的な美しさ、
滅びゆくものへの
愛惜。

尋芳不覚酔流霞
倚樹沈眠日已斜
客散酒醒深夜後
更持紅燭賞残花

芳《はな》を尋《たず》ねて覚《おぼ》えず流霞《りゅうか》に酔《よ》う
樹《き》に倚《よ》りて沈眠《ちんみん》して日《ひ》已《すで》に斜《なな》めなり
客《かく》散《さん》じ酒《さけ》醒《さ》む　深夜《しんや》の後《のち》
更《さら》に紅燭《こうしょく》を持《じ》して残花《ざんか》を賞《しょう》す

訳

友人たちと花見をして、思いがけず、流霞の美味しい酒に酔ってしまった。樹によりかかって眠りこみ、目覚めると日はすでに西に傾いていた。友人がみな帰り、酔いが醒めた深夜、さらに紅燭を手にして散り残った花をながめる。

解説

「流霞」は、酒の美称です。また仙人が飲むという酒。ただよう朝夕の紅雲の美しいイメージです。「流霞に酔う」とは、酒に酔ったことと、花の幻想的な美しさに酔ったことを重ねます。真夜中に「紅燭」ろうそくを点して見る「残花」散り残りの花も、幻想的な美しさを湛えます。李商隠は、滅びゆくものの美しさを愛《いと》おしみ、詩に詠います。

一《いち》目《もく》千《せん》株《しゅ》花《はな》尽《ことごと》く開《ひら》く

見わたす限り
美しい桜の花が
咲いている。

遊芳野

菅茶山《かんちゃざん》

一目千株花尽開
満前唯見白皚皚
近聞人語不知処
声自香雲団裏来

芳野《よしの》に遊《あそ》ぶ

一目《いちもく》千《せん》株《しゅ》花《はな》尽《ことごと》く開《ひら》く
満《まん》前《ぜん》唯《た》だ見《み》る白《はく》皚《がい》皚《がい》
近《ちか》く人《じん》語《ご》を聞《き》くも処《ところ》を知《し》らず
声《こえ》は香《こう》雲《うん》団《だん》裏《り》より来《き》たる

訳

「一目千本」もあろうかと思われる多くの桜の木は満開の花をつけ、目の前はただ雪におおわれたように真っ白である。人の話し声が聞こえてくるが、どこにいるのか見当がつかない。その声は、香しい雲の中から出てくる。

日本で春の花といえば、桜です。和歌にも多く詠われています。この「櫻（桜）」という漢字は中国由来のものですが、中国ではユスラウメという梅の一種で、日本のサクラとは違います。日本のサクラの名所は何といっても吉野。下の千本、中の千本、奥の千本などといわれ、渓谷の山肌を埋め尽くすように桜が植えられています。「芳野」は雅《みやび》ないい方です。

この詩は、江戸時代の菅茶山が吉野に遊んだときに詠ったものです。前半では満開の桜を雪にみたててその盛大なさまを描き、後半では花に酔い、酒に酔う花見客の声が聞こえてくる、しかし、満開のサクラの中から聞こえてくるだけで、どこにいるかわからない。むせ返るような春景色をみごとに捉えています。

惆《ちゅう》悵《ちょう》す　春《はる》帰《かえ》りて留《とど》め得《え》ざるを
紫《し》藤《とう》花《か》下《か》漸《ようや》く黄《こう》昏《こん》

三月三十日題慈恩寺
白《はく》楽《らく》天《てん》

慈恩春色今朝尽
尽日徘徊倚寺門
惆悵春帰留不得
紫藤花下漸黄昏

三《さん》月《がつ》三《さん》十《じゅう》日《にち》慈《じ》恩《おん》寺《じ》に題《だい》す

慈《じ》恩《おん》の春《しゅん》色《しょく》今《こん》朝《ちょう》尽《つ》き
尽《じん》日《じつ》徘《はい》徊《かい》して寺《じ》門《もん》に倚《よ》る
惆悵《ちゅうちょう》す　春《はる》帰《かえ》りて留《とど》め得《え》ざるを
紫《し》藤《とう》花《か》下《か》漸《ようや》く黄《こう》昏《こん》

悲しいことに、
行く春を引き留める
術《すべ》はない。
紫の花の咲く
藤棚の下、日は
しだいに暮れていく。

夕焼けのなかの
紫の花の美しさ、
春が終わろうとする
哀れ。

解説

白楽天は、二十九歳のとき科挙の進士科に及第し、長安の慈恩寺《じおんじ》の塔の下に名前を記し、及第の宴席に列席しました。それから五年が経過して三十四歳になって、さらに上級試験を受けるべく準備をし、春の最後の日に散歩がてら慈恩寺にやってきました。今日と明日とで急に季節が変わるものではありませんが、暦の上で春が終わろうとして感傷的になった楽天は、やるせない思いで藤の花の下にたたずみます。しだいに薄暗くなり、夕焼けのなかの紫の花の美しさ、春が終わろうとする哀れ。平安時代の『和漢朗詠集《わかんろうえいしゅう》』にも採られた名句です。

訳

慈恩寺の春は今日で尽きてしまう。だから一日中境内をさまよい、寺の門にたたずむ。悲しいことに、行く春を引き留める術はない。紫の花の咲く藤棚の下、日はしだいに暮れていく。

第二章

夏

旧暦では、四月から六月が夏です。二十四節気では、立夏、小満、芒種、夏至、小暑、大暑の六節です。夏は南から暖かな風が吹き、穀物が育ち、どんどん暑くなります。五行説では南には「赤（朱）」を配色し、夏を「朱夏」といいます。

「夏風」は「南風」ともいい、穏やかな初夏の風を「薫風」といいます。初夏の情景を詠う持統天皇の歌は、昔中学で学んだものです。今はどうなのでしょうか。

　春過ぎて夏来るらし白たへ
　の衣干したり天の香具山

山の新緑と衣の白が目の前に浮かび、清んだ青空が見えてきます。初夏の風や光も感じられます。「香具山」から、初夏の「香り」も想像されます。必要な言葉だけで美しいリズムを刻み、爽やかな色彩を乗せて初夏の初々しさを詠う詩、大切にしたいものです。もちろん漢詩にもこうした作品がたくさんあります。

柳絮《りゅうじょ》の風《かぜ》に因《よ》って起《お》こる無《な》く
惟《た》だ葵《き》花《か》の日《ひ》に向《む》かって傾《かたむ》く有《あ》り

客中初夏
司馬光《しばこう》

四月清和雨乍晴
南山当戸転分明
更無柳絮因風起
惟有葵花向日傾

客中初夏《かくちゅうしょか》

四月《しがつ》清和《せいわ》雨《あめ》乍《たちま》ち晴《は》れ
南山《なんざん》戸《こ》に当《あ》たって転《うた》た分明《ぶんめい》なり
更《さら》に柳絮《りゅうじょ》の風《かぜ》に因《よ》って起《お》こる無《な》く
惟《た》だ葵《き》花《か》の日《ひ》に向《む》かって傾《かたむ》く有《あ》り

柳絮が風に舞う
こともなく、
今はただ葵《あおい》だけが、
初夏の日を浴びて
庭を占領している。
季節の主役の交代。

解説

前半は心地よい初夏の情景。「乍《さ》」は「忽《こつ》」と同じ。「当戸」は戸口と向かい合って、の意。雨上がりには、南山がくっきりと見えるといいます。後半は対句仕立てで、柳絮のあとの主役は葵《あおい》だといいます。季節の交代を詠った、シャレた詩です。「葵花」はヒマワリではありません。ヒマワリは元《げん》のころになって中国に入りました。

転句の「柳絮の風に因って起こる」は、六朝《りくちょう》時代の才女謝道韞《しゃどううん》が、おじの謝安《しゃあん》の家に行ったとき、急に紛々と雪が降りだし、喜んだ謝安が「白雪紛々何にか似る」との問いかけに答えた句です。おいの一人は「塩を空中に撒くのに似ています」といったのに対して、謝道韞は「未だ若《し》かず、柳絮の風に因って起こるには」と答え、謝安は大いに満足したといいます。謝道韞は雪を柳絮にたとえましたが、この詩では実際の柳絮です。

訳

陰暦四月は清々しく穏やかで、雨が晴れると、家の真向かいに、南山がますますくっきりと望まれる。もはや柳絮が風に吹かれて舞うこともなく、今はただ葵《あおい》だけが、初夏の日を浴びて我が物顔に庭を占領している。

梅《ばい》子《し》金《きん》黄《こう》　杏《きょう》子《し》肥《こ》え
麦《ばっ》花《か》雪《せっ》白《ぱく》　菜《さい》花《か》稀《まれ》なり

四時田園雑興（夏日）
范《はん》成《せい》大《だい》

梅子金黄杏子肥
麦花雪白菜花稀
日長籬落無人過
惟有蜻蜓蛺蝶飛

四《し》時《じ》田《でん》園《えん》雑《ざっ》興《きょう》（夏《か》日《じつ》）
梅《ばい》子《し》金《きん》黄《こう》　杏《きょう》子《し》肥《こ》え
麦《ばっ》花《か》雪《せっ》白《ぱく》　菜《さい》花《か》稀《まれ》なり
日《ひ》長《なが》くして籬《り》落《らく》人《ひと》の過《よぎ》る無《な》し
惟《た》だ蜻《せい》蜓《てい》蛺蝶《きょうちょう》の飛《と》ぶ有《あ》り

梅の実は
黄金色に熟し、
杏の実も大きくなり、
麦の花は
雪のように白く、
菜の花は
まばらになった。
初夏を彩る植物。

解説

范成大は南宋時代に副宰相まで務めた人で、晩年は郷里の石湖《せきこ》（蘇州市）に隠棲し、四季折々の風物を七言絶句六十首に詠みました。

前半の二句は対句で、また句中対になっています。さらに「梅子」「杏子」、「麦花」「菜花」と同字を用いて調べをととのえ、植物の色を「金黄」「雪白」と表現して、春から夏へと移ろう様子を巧みに捉えています。また結句は虫偏の字を四つ重ねて、昆虫たちが人の来ない庭先で我が物顔で遊んでいるような、おもしろい趣向になっています。

訳

梅の実は黄金色に熟し、杏の実は大きくなった。麦の花は雪のように白く、菜の花はまばら。夏の日は長くなり、我が家の垣根に訪れる人はなく、ただ蜻蛉《とんぼ》や蛺蝶《ちょう》が飛び交うだけ。

晴《せい》日《じつ》暖《だん》風《ぷう》麦《ばっ》気《き》を生《しょう》じ
緑《りょく》陰《いん》幽《ゆう》草《そう》花《か》時《じ》に勝《まさ》る

初夏即事

王安石《おうあんせき》

石梁茅屋有湾碕
流水濺濺度両陂
晴日暖風生麦気
緑陰幽草勝花時

初《しょ》夏《か》即《そく》事《じ》

石《せき》梁《りょう》茅《ぼう》屋《おく》湾《わん》碕《き》有《あ》り
流《りゅう》水《すい》濺《せん》々《せん》として両《りょう》陂《ひ》に度《わた》る
晴《せい》日《じつ》暖《だん》風《ぷう》麦《ばっ》気《き》を生《しょう》じ
緑《りょく》陰《いん》幽《ゆう》草《そう》花《か》時《じ》に勝《まさ》る

初夏のよく晴れた日、
暖かな風に乗って
麦の香りが
漂ってくる。
こんもり繁った
木陰にはひっそりと
草がしげる。
その様子は、
花の咲くときよりも
趣きがある。
緑陰に幽草が茂る、
初夏の景。

解説

起句は、湾曲した岸を中心に、石・茅・碕と材質の異なるものを挙げて立体的に景色を描きます。「梁」は橋、「湾碕」は湾曲してつき出ている岸で、王安石が引退して住んでいた半山亭《はんざんてい》の景色です。

承句は、「湾碕」から堤がずっと続いて、耳に心地よい音をたてて水が流れ、視線を起句の近景から、遠景へと導きます。

転句は、第一句と同じ構成で、「晴日」「暖風」の名詞、「生じる」の動詞、そして「麦気」の名詞がきます。晴れた良い天気の日、暖かな風に、勢いよく育った麦の香りが運ばれてきます。黄色く実っている畑が広々とひろがる「風景」。この解放感、ここちよさ、まさに「初夏」です。初夏は麦が実る時節なので「麦秋《ばくしゅう》」といいます。

解放された心でふと見えたのが、木々の緑がこんもりと茂る景色です。麦の「黄色」と、結句の「緑」と、初夏の色の対比です。「緑

訳

石の橋、茅葺《かやぶき》の家、そして湾曲している岸がある。水はサラサラと両側のつつみの間を流れてゆく。よく晴れた日、暖かな風が吹きわたり、麦の香りが漂い、こんもり繁った木陰にひっそりと草がしげるその様子は、花の咲くときよりも趣きがある。

陰」は木陰です。盛夏では木々が鬱蒼とし、周りの強烈な光によって木陰は暗い感じになりますが、初夏ではまだ木陰は明るく、その緑陰の下にひっそり草が生えています。だだっ広いところにある草ではありません。こうした景色は花の盛りにはありません。そこで「花の盛りの時よりもすばらしい」と結びます。

起句の「湾碕」と結句の「幽草」が絶妙な取り合わせで、硬と軟、広がりと集中を描いています。作者の心もゆったりと、のびのびしています。

夏

東《とう》園《えん》に酒《さけ》を載《の》せて西《せい》園《えん》に酔《よ》い
摘《つ》み尽《つ》くす　枇《び》杷《わ》一《いち》樹《じゅ》の金《きん》

初夏游張園
戴復古《たいふくこ》

乳鴨池塘水浅深
熟梅天気半晴陰
東園載酒西園酔
摘尽枇杷一樹金

初夏《しょか》　張《ちょう》の園《えん》に游《あそ》ぶ

乳鴨《にゅうおう》の池《ち》塘《とう》水《みず》浅《せん》深《しん》
熟梅《じゅくばい》の天《てん》気《き》半《なか》ば晴《せい》陰《いん》
東《とう》園《えん》に酒《さけ》を載《の》せて西《せい》園《えん》に酔《よ》い
摘《つ》み尽《つ》くす　枇《び》杷《わ》一樹《いちじゅ》の金《きん》

東の園で酒盛りをし、
西の園で酔いしれ、
黄金色の枇杷を
残らず
採ってしまった。
初夏の
傍若無人な遊び。

解説

前半は対句で初夏の庭の眺めと空気感をとらえています。後半は酒に酔った人々の傍若無人なふるまい。はめをはずして東の庭から西の庭へと、枇杷の実を残らず採ってしまいます。六朝《りくちょう》の東晋時代、酒飲みで有名な畢卓《ひったく》という人がいました。酒を船に満たしてその中に浮かび、右手に杯、左手に蟹のはさみ（酒の肴）を持って一生を過ごしたといいます。この詩の人々も畢卓に負けないようです。

訳

親鴨と雛が泳ぐ池は浅かったり深かったり、梅の実が熟するころの天気は晴れたり曇ったり。庭の東の園で船上の酒盛りをし、西の園で酔いしれ、酔いに任せて木に実っている黄金色の枇杷を残らず採ってしまった。

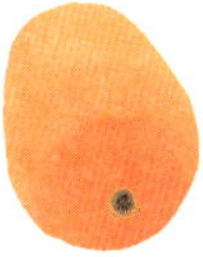

小《しょう》院《いん》地《ち》偏《へん》にして人《ひと》到《いた》らず
満《まん》庭《てい》の鳥《ちょう》跡《せき》蒼《そう》苔《たい》に印《いん》す

夏日西斎即事
司《し》馬《ば》光《こう》

榴花映葉未全開
槐影沈沈雨勢来
小院地偏人不到
満庭鳥迹印蒼苔

夏《か》日《じつ》西《せい》斎《さい》即《そく》事《じ》

榴《りゅう》花《か》葉《は》に映《えい》じて未《いま》だ全《まった》くは開《ひら》かず
槐《かい》影《えい》沈《ちん》沈《ちん》として雨《う》勢《せい》来《き》たる
小《しょう》院《いん》地《ち》偏《へん》にして人《ひと》到《いた》らず
満《まん》庭《てい》の鳥《ちょう》迹《せき》蒼《そう》苔《たい》に印《いん》す

小さな我が家は
辺鄙な所にあって
客は来ないが、
小鳥が訪ねて来て
庭の苔に足跡を
いっぱいに
つけていく。

世俗を逃れた
平穏な生活。
訪ねてくるのは
鳥だけ。

解説

司馬光は北宋時代に副宰相まで務めましたが、王安石の施行した新法に反対して朝政を退き、閑職を得て洛陽の郊外で間居しました。これはそのころの作品です。詩の前半は庭の様子を、ザクロの花もまだ十分に咲かず、槐《えんじゅ》も重々しく葉を垂れていると、やや陰鬱な調子で描いています。転句は陶淵明の「飲酒」其の五（248ページ）の

廬《いおり》を結《むす》んで人境《じんきょう》に在《あ》り
而《しか》も車馬《しゃば》の喧《かまびす》しき無《な》し
君《きみ》に問《と》う何《なん》ぞ能《よ》く爾《しか》るやと
心《こころ》遠《とお》ければ地《ち》自《おのず》から偏《へん》なり

を踏まえて「地偏」「人到らず」といい、結句で、小鳥だけは慣れ親しんで毎日やってくると、といいます。鳥が来るのは、作者がゆったり過ごしているからです。

訳

榴《ざくろ》の花は葉の緑とうつり合っているが、まだ全部は開いていない。槐《えんじゅ》の木陰は暗く影を落として、雨が降り出しそうだ。小さな我が家は辺鄙な所にあって、客も来ない。ただ庭いっぱいの青い苔の上に小鳥の足跡がついている。

憐《あわ》れむべし　此《こ》の地《ち》車《しゃ》馬《ば》無《な》きを
青《せい》苔《たい》に顚《てん》倒《とう》して絳《こう》英《えい》落《お》つ

題張十一旅舎三詠
韓《かん》愈《ゆ》

榴花

五月榴花照眼明
枝間時見子初成
可憐此地無車馬
顚倒青苔落絳英

張《ちょう》十《じゅう》一《いち》の旅《りょ》舎《しゃ》に題《だい》す三《さん》詠《えい》

榴《りゅう》花《か》

五《ご》月《がつ》榴《りゅう》花《か》眼《め》を照《て》らして明《あき》らかなり
枝《し》間《かん》時《とき》に見《み》る子《し》の初《はじ》めて成《な》るを
憐《あわ》れむべし　此《こ》の地《ち》車《しゃ》馬《ば》無《な》きを
青《せい》苔《たい》に顚《てん》倒《とう》して絳《こう》英《えい》落《お》つ

惜しいことに、
ここは車馬の
訪れがない。
青い苔の上に
紅い花びらが
ころがっている。

可憐な花、
ともに愛でる人の
いない寂しさ。

解説

陽山（広東省）に左遷されていた韓愈は、貞元二十一年（八〇五）、順宗の即位によって大赦に会い、郴州《ちんしゅう》（湖南省）の張署《ちょうしょ》のもとに身を寄せました。この詩はそのときのものといわれています。「榴花」はザクロの花のことで、陰暦の五月、今の六月初旬ころ赤朱色の花をつけ、受粉すると花托《かたく》がふくらんでいきます。「子」がそれで、やがて大きな実になります。なめらかで光沢のある葉のなかに可憐な赤い花が咲き、ふと見ると小さな実がなっている風情は何ともいえません。韓愈は旅舎に隠棲していて訪ねて来る人もいません。青い苔の上に点々と紅い花が転がっているという結句は、一緒に愛でる人のいない寂しさを表します。

訳

陰暦の五月、柘榴《ざくろ》の花がまぶしいほど鮮やかに咲く。枝の間には時に実がなっているのが見える。惜しいことに、ここは隠《いん》棲《せい》の地で車馬の訪れがない。青い苔の上に紅い花がころがっているままだ。

眼《め》を照《て》らす榴《りゅう》花《か》 又《また》一《いち》年《ねん》

端陽相州道中
張問陶《ちょうもんとう》

杏子桜桃次第円
炎涼無定麦秋天

端陽《たんよう》、相州《そうしゅう》の道中《どうちゅう》
杏子《きょうし》桜桃《おうとう》次第《しだい》に円《まど》かなり
炎《えん》涼《りょう》定《さだ》まること無《な》し　麦秋《ばくしゅう》の天《てん》

眼に鮮やかに映る
柘榴《ざくろ》の赤い花。
また一年過ぎたのだ。

赤い柘榴の花を見て、
悲しい現実を
再確認します。

馬蹄歩歩来時路
照眼榴花又一年

馬《ば》蹄《てい》歩《ほ》々《ほ》来《らい》時《じ》の路《みち》
眼《め》を照《て》らす榴《りゅう》花《か》　又《また》一年《いちねん》

解説

題名の「端陽」は旧暦五月五日（端午の節句）の日をいいます。作者は、科挙の試験に落第し、相州（河南省安陽市付近）を南下して長江へ出、舟に乗って故郷の四川省遂寧《すいねい》へと帰っていきます。その道中の作品です。

起句は白楽天《はくらくてん》「春風」の「桜杏桃梨次第に開く」を応用し、結句は韓愈《かんゆ》「榴花」の「五月榴花眼を照らして明らかなり」（120ページ）を踏まえています。科挙の進士科の試験は三月に行なわれ、月末には結果が発表されます。転句の「馬蹄歩々来時の路」に失意のようすが窺え、結句の「又一年」に実感がこもります。

訳

杏の実や桜桃《さくらんぼ》が順々に丸く熟し、暑かったり涼しかったり、気まぐれな麦秋の時節。馬の背に揺られて、一歩一歩、来たときの道を行くと、眼に鮮やかに映る石榴《ざくろ》の赤い花。また一年過ぎたのだ。

人《じん》生《せい》五《ご》十《じゅう》功《こう》無《な》きを愧《は》ず

この世に生れて
五十年経ったが、
何も功績のないのが
恥ずかしい。

海南行

細《ほそ》川《かわ》頼《より》之《ゆき》

人生五十愧無功
花木春過夏已中
満室蒼蠅掃難去
起尋禅榻臥清風

海《かい》南《なん》行《こう》

人《じん》生《せい》五《ご》十《じゅう》功《こう》無《な》きを愧《は》ず
花《か》木《ぼく》春《はる》過《す》ぎて夏《なつ》已《すで》に中《なか》ばなり
満《まん》室《しつ》の蒼《そう》蠅《よう》掃《はら》えども去《さ》り難《がた》し
起《た》ちて禅《ぜん》榻《とう》を尋《たず》ねて清《せい》風《ふう》に臥《が》せん

解説

政権を離れて帰郷するにあたり、起句で、五十年の来《こ》し方を振り返って、何も功績を挙げなかった自らの感懐を素直に詠います。承句の「花木」は活躍した時代の追憶です。その春がすぎてもう夏の半ばだといいます。ちょうど郷里に旅立つ季節と重なっていることから、実感がわきます。

転句のうるさくつきまとう「蒼蠅《そうよう》」青ばえは、しつこく付きまとう小人《しょうじん》を喩えています。宋代の欧陽脩《おうようしゅう》（一〇〇七～一〇七二）に「蒼蠅を憎む賦」があり、讒言する小役人を喩えます。陰暦の五月ころ群がりさわぐことから「五月蠅《さばえ》」といい、「うるさい」を「五月蠅い」とも表記します。結句の「禅榻」「清風」は、「蒼蠅」のいない世界をいい、作者が禅道に入る隠退の境地をいいます。

訳

人として生れて五十年経ったが、何も功績のないことが恥ずかしい。春が過ぎて木々の花も散り尽くし、夏ももう半ばとなった（私の人生も同じだ）。部屋中を蠅がうるさく飛び交い、何度追い払っても去らない。外に出て坐禅用の長椅子を探して、すがすがしい風に吹かれて横になろう。

人《じん》間《かん》の是《ぜ》非《ひ》は一《いち》夢《む》の中《うち》

この世のできごとは
一場の夢の中のよう。

半夜

良寛《りょうかん》

回首五十有余年
人間是非一夢中
山房五月黄梅雨
半夜蕭蕭灑虚窓

半《はん》夜《や》

首《こうべ》を回《めぐ》らせば五《ご》十《じゅう》有《ゆう》余《よ》年《ねん》
人《じん》間《かん》の是《ぜ》非《ひ》は一《いち》夢《む》の中《うち》
山《さん》房《ぼう》の五《ご》月《がつ》　黄《こう》梅《ばい》の雨《あめ》
半《はん》夜《や》蕭《しょう》々《しょう》として虚《きょ》窓《そう》に灑《そそ》ぐ

解説

良寛和尚は、越後出雲崎の人で、玉島の円通寺で修行ののち各地を放浪し、五十歳ころ故郷の国上山《くがみやま》に五合庵を構えて生活しました。地元の人々との交流からさまざまなエピソードが生まれ、ほのぼのとした良寛さんの面影を伝えています。子どもたちといっしょに毬つきをして一日中遊んだり、庵の床を突き破ったタケノコを切らずにそのままにしたり、夜どろぼうが入って盗むものがなく、良寛さんが寝ている敷布団を取ろうとしたとき、わざと寝がえりをうって取りやすくしたり、蚊がうでにとまっても払わず存分に血を吸わせた等々。

この詩は一人の「人間」としての孤独と寂寥を詠います。過ぎ去った歳月は夢のようだといい、寂しさを象徴するように「蕭蕭」と寂しそうに降る五月雨《さみだれ》を詠います。

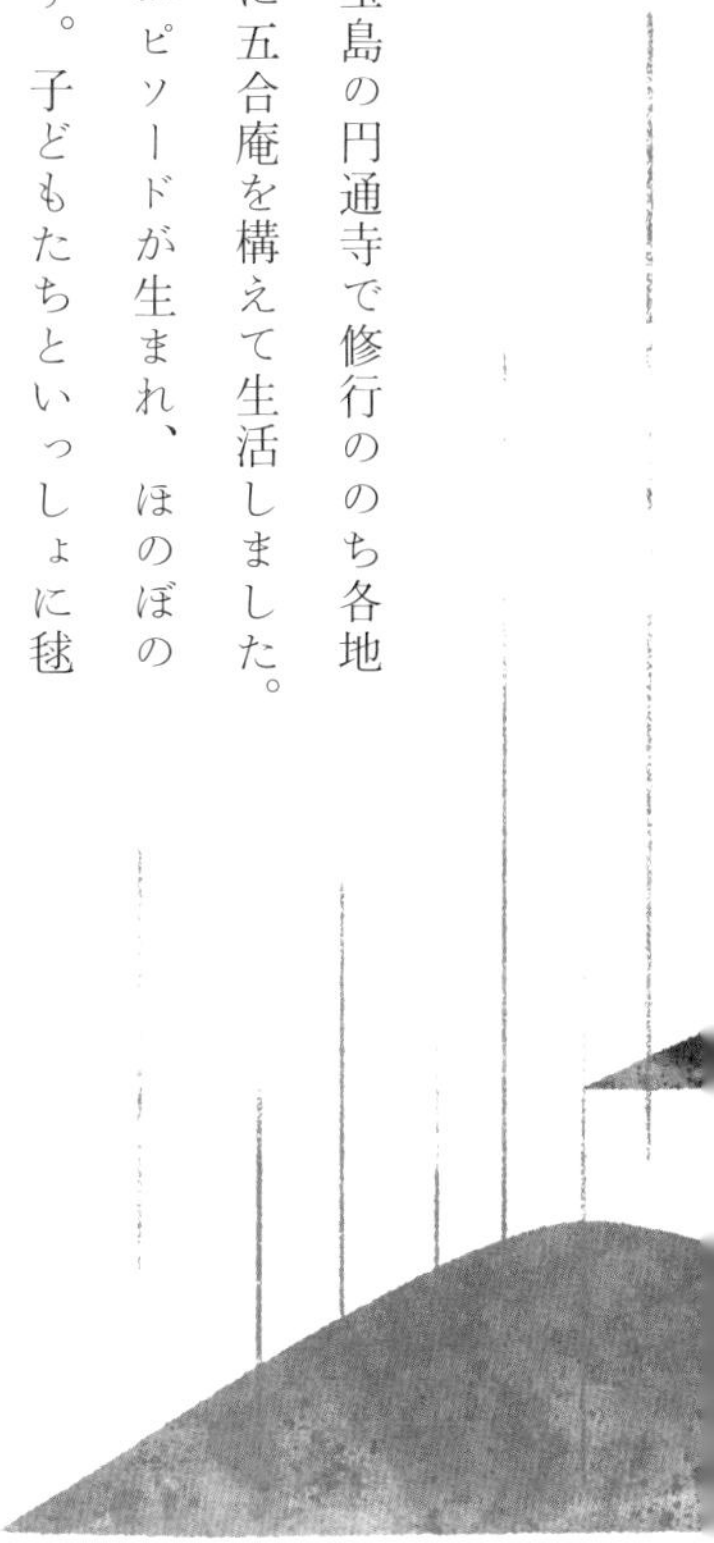

訳

五十余年の来し方を振り返ってみると、この世のできごとは一場の夢のように思われる。五月、山の庵に五月雨がふりしきり、真夜中、わびしい部屋の窓にしとしとそそぐ。

殷《いん》として雷《らい》鼓《こ》の如《ごと》く
聚《あつま》ること雲《くも》の如《ごと》し

蚊

黄《こう》中《ちゅう》堅《けん》

斗室何来豹脚蚊
殷如雷鼓聚如雲
無多一点英雄血
閑到衰年忍付君

蚊《か》

斗《と》室《しつ》何《いず》くより来《き》たる　豹《ひょう》脚《きゃく》の蚊《か》ぞ
殷《いん》として雷《らい》鼓《こ》の如《ごと》く　聚《あつま》ること雲《くも》の如《ごと》し
多《た》無《な》し　一《いっ》点《てん》英《えい》雄《ゆう》の血《ち》
閑《しず》かに衰《すい》年《ねん》に到《いた》り君《きみ》に付《ふ》するに忍《しの》びんや

蚊が、
雷の音のような
羽音をたて、
雲が湧くように
群がり集まって
襲ってくる。

ヤブカを「豹脚蚊」
といいます。
こわそうな名前。

解説

ヒョウの毛皮のまだら模様を「豹紋」といいます。「豹脚蚊」は脚の模様が豹のようにまだら模様になっている蚊で、ヤブカをいいます。文字づらから、まるで豹が襲ってくるようで、恐ろしい感じがします。羽音は雷のようで、雲のように湧く、という形容がピッタリです。「斗室」は一斗升ほどのちっぽけな部屋。人が逃げる余地はありません。

後半は、私の血を吸ってもうまくはないぞ、英雄の血など一滴もないのだから、年をとっているのでやることもできない、とユーモアたっぷりにいいます。

訳

一斗升ほどのこんな狭い部屋に、いったいどこから豹脚紋の蚊（ヤブカ）が来たのだろう。羽音は雷が轟くようで、雲が湧くように群がり集まって襲ってくる。私にはわずか一滴も英雄の血などはない。無駄に年をとってしまい、とてもお前にやることはできないのだ。

夏

旱《かん》雲《うん》火《ひ》を飛《と》ばして長《ちょう》空《くう》を燎《や》き
白《はく》日《じつ》渾《すべ》て甑《そう》中《ちゅう》に堕《お》つるが如《ごと》し

ひでり雲が炎を
飛ばして大空を
焼き焦がしている。
ギラギラ輝く
太陽のもと、
すべてがこしきの
中に落ちて蒸されて
いるようだ。

大暑

趙元《ちょうげん》

旱雲飛火燎長空
白日渾如堕甑中
不倒広寒氷雪窟
扇頭能有幾多風

大暑《たいしょ》

旱《かん》雲《うん》火《ひ》を飛《と》ばして長空《ちょうくう》を燎《や》き
白日《はくじつ》渾《すべ》て甑中《そうちゅう》に堕《お》つるが如《ごと》し
広寒《こうかん》氷雪《ひょうせつ》の窟《くつ》に倒《いた》らずんば
扇頭《せんとう》能《よ》く幾多《いくた》の風《かぜ》有《あ》らんや

解説

大暑は二十四節気の一つで、一年でもっとも暑い時期です。旧暦では六月、新暦では七月二十三日ころになります。太陽の下にいると蒸籠《せいろう》の中で蒸されているようだ、これでは団扇《うちわ》などではまったく役にたたない。月世界の広寒宮の氷室にでも行かないかぎり暑さはしのげない、といいます。

前半は暑さを連想させる「旱雲」「飛火」「白日」「甑中」の語を連ね、後半では涼しさを誘う「広寒」「氷雪」「扇」「風」を用いますが、広寒宮の、それも氷室に行かないかぎり暑さをしのげない、と、逆に暑さを強調します。「不倒」が効いています。

訳

ひでり雲が炎を飛ばして大空を焼き焦がしている。ギラギラ輝く太陽のもと、すべてがこしきの中に落ちて蒸されているようだ。月にある広寒宮の氷雪の窟屋《いわや》にでも行かない限りとても凌げない。団扇《うちわ》などでいったいどれほどの涼風を起こせよう。

粒《りゅう》々《りゅう》皆《みな》辛《しん》苦《く》

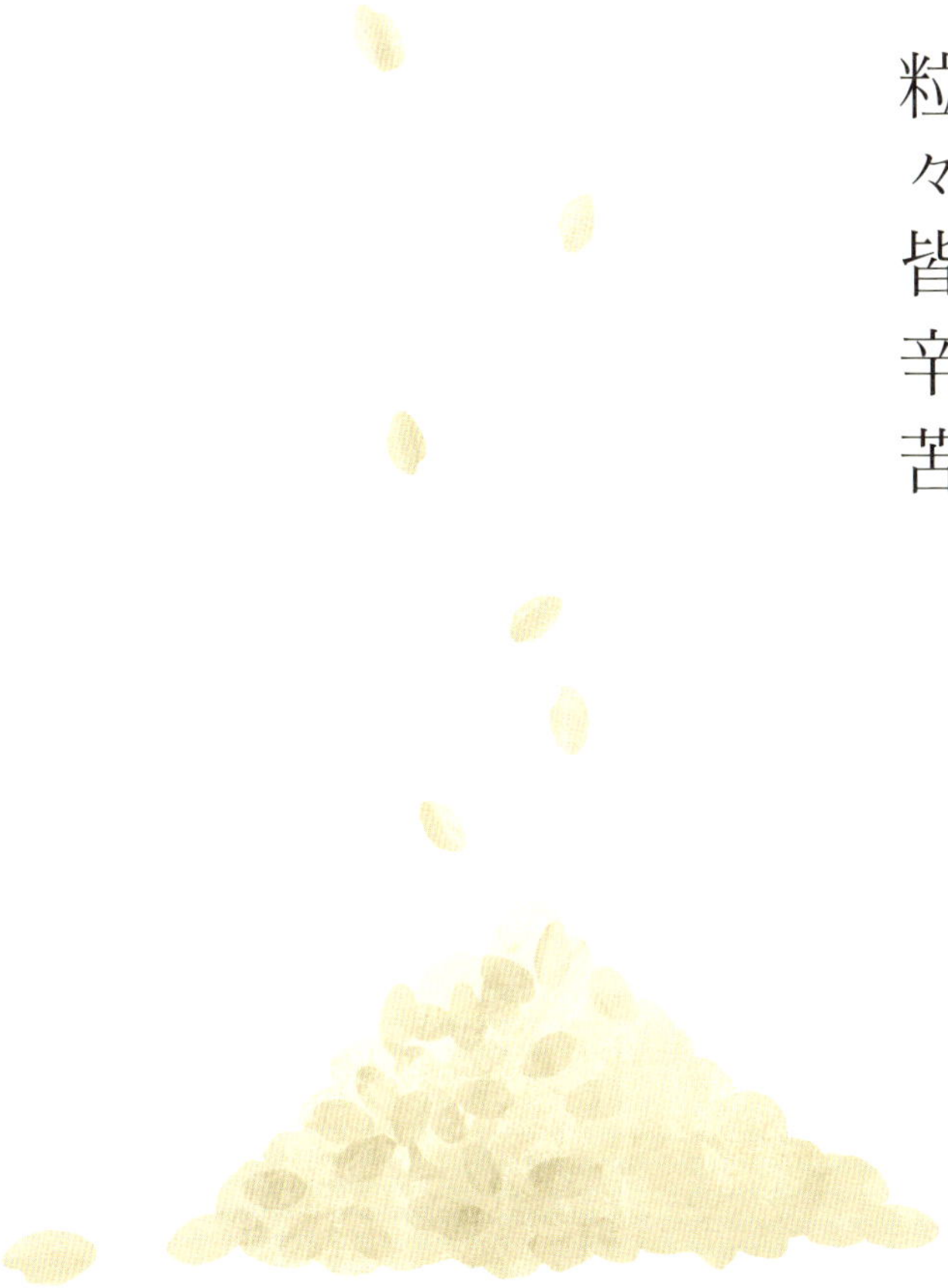

米の一粒一粒は、
すべて農民の
つらい労働によって
できたもの。
農民へのおもいやり。

夏

憫農二首　其二

李紳《りしん》

鋤禾日当午
汗滴禾下土
誰知盤中餐
粒粒皆辛苦

農《のう》を憫《あわ》れむ二首《にしゅ》　その二

禾《か》を鋤《す》いて日《ひ》　午《ご》に当《あ》たる
汗《あせ》は滴《したた》る　禾下《かか》の土《つち》
誰《たれ》か知《し》らん　盤中《ばんちゅう》の餐《そん》
粒々皆辛苦《りゅうりゅうみなしんく》なるを

訳

すきをふるって稲の除草や土よせをしていると、日はかんかん照りで、ちょうど正午ころ。汗は稲の根元の土にぽたぽた滴り落ちる。食事をする時、食器のなかの御飯の一粒一粒が農民のつらい労働のたまものであることを誰が知っていようか。知るものはいない。

解説

題名を「古風」とするテキストもあります。「古風」とは「いにしえぶり」といった意味です。中国最古の詩集『詩経《しきょう》』のように、永久にかわらない人間の生活と心理を、素朴な言葉と表現で詠う詩をいいます。この詩は、何気なく食べる御飯の米の一粒一粒が、農民の苦労によってできていることをいいます。そういわれてみて、初めて気づき、心に刺さります。作者の李紳は白楽天と仲がよく、白楽天にも「古風五十九首」があります。

『詩経』は紀元前十二世紀頃から前七世紀頃までの間に詠われた各国の民謡や、宮中の雅楽、宗廟を祀る歌など、三〇五篇が収められている中国最古の詩集です。黄河流域沿いの北方の文学で、一句が四言で素朴な詩です。『詩経』の三百年ほど後に、長江沿いの南方で『楚辞《そじ》』が生まれます（178ページ）。

南《なん》州《しゅう》の溽《じょく》暑《しょ》酔《よ》うて酒《さけ》の如《ごと》し

南州の蒸し暑さは、
二日酔いのような
気持の悪さ。

夏昼偶作
柳《りゅう》宗《そう》元《げん》

南州溽暑酔如酒
隠几熟眠開北牖
日午独覚無余声
山童隔竹敲茶臼

夏《か》昼《ちゅう》偶《ぐう》作《さく》

南《なん》州《しゅう》の溽《じょく》暑《しょ》酔《よ》うて酒《さけ》の如《ごと》し
几《き》に隠《よ》りて熟《じゅく》眠《みん》し北《ほく》牖《ゆう》を開《ひら》く
日《にち》午《ご》　独《ひと》り覚《さ》めて　余《よ》声《せい》無《な》し
山《さん》童《どう》竹《たけ》を隔《へだ》てて茶《さ》臼《きゅう》を敲《たた》く

解説

柳宗元は、四十三歳（西暦八一五年）のとき、柳州（広西壮族自治区）に流されました。桂林の南西の地です。その蒸し暑さはたまりません。柳宗元は柳州で善政を行い、三年後わずか四十七歳で亡くなります。

起句「酒に酔ったようだ」というのは、「茶」を詠うための伏線です。茶は酔いざましに効果があるからです。蒸し暑くあたりが静まりかえっているなか、臼をつく単調な音だけが聞こえてきて、夏の昼下がりのけだるさがいっそうつのります。韻字は酒・牖・臼で、七言絶句ではめずらしい「仄声」で押韻されています。

訳

南の国の蒸し暑さは、二日酔いのように気持ちが悪い。そこで、北側の窓を開け放ち、肘掛《ひじか》けにもたれてぐっすり眠る。昼頃ひとり目覚めると、何も音が聞こえてこない。ただ、竹林の向こうで、童《わらべ》が茶の葉を臼《うす》でひく音が聞こえてくるだけ。

紅《こう》日《じつ》階《かい》に転《てん》じて簾《れん》影《えい》薄《うす》し
一《いっ》双《そう》の胡《こ》蝶《ちょう》葵《き》花《か》に上《のぼ》る

夏至

趙秉文《ちょうへいぶん》

玉堂睡起苦思茶
別院銅輪碾露芽
紅日転階簾影薄
一双胡蝶上葵花

夏《げ》至《し》

玉堂《ぎょくどう》に睡起《すいき》して苦《ねんごろ》に茶《ちゃ》を思《おも》う
別院《べついん》の銅輪《どうりん》　露芽《ろが》を碾《ひ》く
紅《こう》日《じつ》階《かい》に転《てん》じて簾《れん》影《えい》薄《うす》し
一双《いっそう》の胡《こ》蝶《ちょう》葵《き》花《か》に上《のぼ》る

日差しが
階段に移ると
簾の影が薄くなり、
つがいの蝶が
葵の花の上に
飛んでいる。
夏至の日の
昼下がり。

解説

前半は、昼寝から覚めて茶を飲みます。発想は柳宗元《りゅうそうげん》の「夏昼偶作」（136ページ）と同じです。茶を飲むと清風が吹くような爽やかな気分になるのです。柳宗元の詩は南州の山の中ですが、こちらは「玉堂」、つまり宮中の翰林院《かんりんいん》。茶の葉をひくのは別院（別棟）です。

後半は、司馬光《しばこう》の「客中初夏」（108ページ）の景を踏まえて宮中の中庭を描きます。茶を飲みながら、夏の日差しのなかで我がもの顔に咲く葵花の上をゆるやかに舞うチョウを眺め、爽やかさを満喫します。簾の影が薄いというのは、南国では昼に太陽が真上から差すので影がなくなるのです。

訳

翰林院でうたた寝して目覚めると、しきりに茶が飲みたくなった。別棟で銅の臼で茶の葉をひく。真赤な太陽が中天に輝き日差しが階段のあたりに移ると、簾の影が薄くなり、つがいの蝶《ちょう》が葵《あおい》の花の上に飛んでいる。

頭《こうべ》痛《いた》み 汗《あせ》巾《きん》に盈《み》ち
連《れん》宵《しょう》復《ま》た晨《しん》に達《たつ》す

暑さで頭が痛くなり
汗で頭巾が
びっしょりぬれる。
連日連夜
こんな状態で
朝まで止まない。
連日連夜の酷暑。

苦熱

白楽天《はくらくてん》

頭痛汗盈巾
連宵復達晨
不堪逢苦熱
猶頼是閑人
朝客応煩倦
農夫更苦辛
始慚当此日
得作自由身

苦《く》熱《ねつ》

頭《こうべ》痛《いた》み汗《あせ》巾《きん》に盈《み》ち
連《れん》宵《しょう》復《ま》た晨《しん》に達《たっ》す
苦《く》熱《ねつ》に逢《あ》うに堪《た》えず
猶《な》お頼《たの》むは是《こ》れ閑《かん》人《じん》
朝《ちょう》客《かく》は応《まさ》に煩《はん》倦《けん》すべし
農《のう》夫《ふ》は更《さら》に苦《く》辛《しん》せん
始《はじ》めて慚《は》ず此《こ》の日《ひ》に当《あ》たって
自《じ》由《ゆう》の身《み》と作《な》るを得《え》たるを

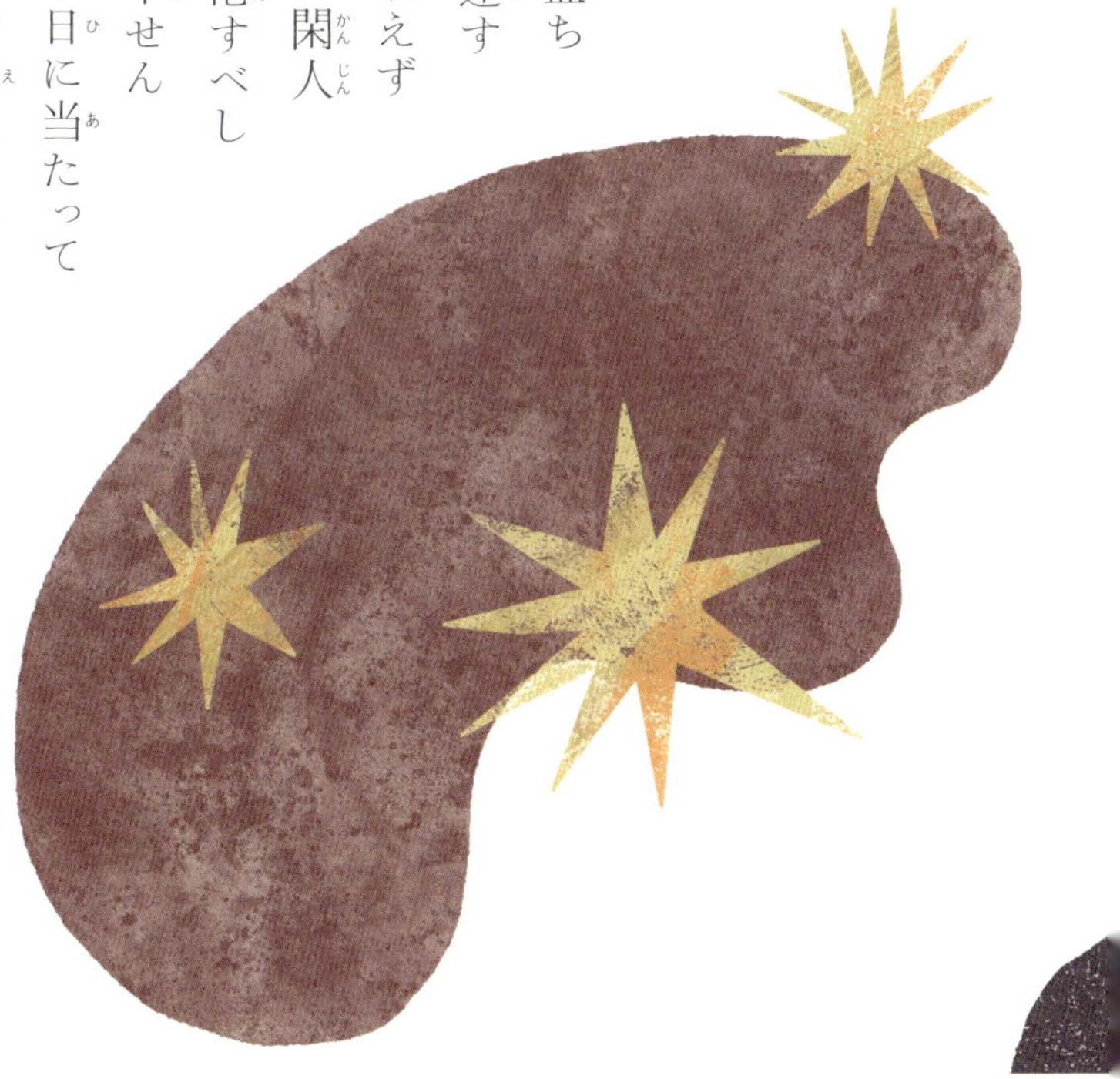

解説

「苦熱」とは厳しい暑さ、また暑さに苦しむことをいいます。詩の前半は苦熱の様子です。具体的に、頭が痛い、汗で頭巾も服もびっしょり濡れ、それが毎日、夜中もずっと続くといいます。冷房のない時代ですから耐え難いというのもよくわかります。「巾」は手巾《はんかち》と訳すこともありますが、ここは頭巾、またそれを含めた衣服と捉えるのがよいでしょう。

後半は衣冠装束を正して朝廷に参列する官僚の難儀を思い、さらに農民のつらさに思いを寄せます。白楽天五十九歳の作品で、太子賓客分司の職にあって洛陽にいました。このころから「閑適《かんてき》」の生活をよく詩に詠うようになります。「閑適」とは公務から解き放たれくつろいで過ごすこと、またその気分をいいます。この詩の前年、刑部侍郎（法務大臣）の職を病気を理由に辞職して閑職を得ました。そこで、結句で、幸い自分は閑職に就いているのでありがたい、といいます。

訳

頭が痛くなり、汗で頭巾がびっしょりぬれる。連日連夜こんな状態で朝まで蒸し暑い。こんな酷暑にはとても耐えきれないが、それでも幸いなのは、わたしの役目が暇なことだ。朝廷に参内する役人はきっといらだって疲れているに違いない。まして農民はもっともっとつらいはず。まさにこんな日に、始めて、自由の身となれたのをありがたく思う。

裸《ら》袒《たん》す青《せい》林《りん》の中《うち》
頂《いただき》を露《あら》わして松《しょう》風《ふう》に灑《そそ》がしむ

夏日山中

李《り》白《はく》

嬾揺白羽扇
裸袒青林中
脱巾挂石壁
露頂灑松風

夏《か》日《じつ》山《さん》中《ちゅう》

白《はく》羽《う》扇《せん》を揺《ゆる》がすに嬾《ものう》く
裸《ら》袒《たん》す青《せい》林《りん》の中《うち》
巾《きん》を脱《だっ》して石《せき》壁《へき》に挂《か》け
頂《いただき》を露《あら》わして松《しょう》風《ふう》に灑《そそ》がしむ

緑の松林の中で
半身裸になり、
頭巾をぬいで
涼風を存分に味わう。
ひとり涼を満喫する
心のゆたかさ。

夏

解説

「白雨扇」は諸葛孔明《しょかつこうめい》がいつも手にしていた扇で、司馬仲達《しばちゅうたつ》と戦ったときこれを持って軍を指揮したといいます。なにやら大げさな詠い出しですが、「白羽」の扇ですから涼しさを得るには最適なものと感じられます。しかしそれを動かすのは億劫なので、林の緑の木陰で半身裸になり、さらに頭巾をとって頭を露わにします。前半で「白」「青」の色を対比させ、後半は対句仕立てになっています。大げさな言い方でもきちんと構成されています。脱帽です。

頭巾を脱いで頭を見せるのは当時の常識では失礼なことですから、思い切って脱俗している詩ということになります。豪快な詠いぶりに暑さも吹き飛びます。

訳

白羽扇を動かすのもめんどうなので、緑の林の中で半身裸《はだか》になる。頭巾もぬいで岩の壁にかけ、頭を露わにして、松林を抜ける涼風に存分に吹かせてやろう。

清《せい》江《こう》一《いっ》曲《きょく》村《むら》を抱《いだ》いて流《なが》る
長《ちょう》夏《か》江《こう》村《そん》事《じ》々《じ》幽《ゆう》なり

江村

杜《と》甫《ほ》

清江一曲抱村流
長夏江村事事幽
自去自来梁上燕
相親相近水中鷗

江《こう》村《そん》

清《せい》江《こう》一《いっ》曲《きょく》村《むら》を抱《いだ》いて流《なが》る
長《ちょう》夏《か》江《こう》村《そん》事《じ》々《じ》幽《ゆう》なり
自《おのずか》ら去《さ》り自《おのずか》ら来《き》たる梁《りょう》上《じょう》の燕《つばめ》
相《あ》い親《した》しみ相《あ》い近《ちか》づく水《すい》中《ちゅう》の鷗《かもめ》

清らかな川が
村を抱くように
湾曲して流れ、
日の長い夏、
川のほとりの村は
すべてがひっそり
静まり返っている。
静かな昼下がり、
平穏な時間が
流れます。

夏

老妻画紙為棋局
稚子敲針作釣鈎
多病所須唯薬物
微軀此外更何求

老妻《ろうさい》は紙《かみ》に画《えが》いて棋局《ききょく》を為《つく》り
稚子《ちし》は針《はり》を敲《たた》いて釣鈎《ちょうこう》を作《つく》る
多病《たびょう》須《ま》つ所《ところ》は唯《た》だ薬物《やくぶつ》のみ
微軀《びく》此《こ》の外《ほか》に更《さら》に何《なに》をか求《もと》めん

解説

蜀の浣花草堂《かんかそうどう》での作品。洪水や戦乱によって食糧危機に陥っていたことから、杜甫は食糧を求めて妻子とともに甘粛省の天水や同谷まで行き、さらに南下して蜀の都の成都にたどりつきました。そこでは役人となって赴任してきた幼馴染の厳武の援助もあって、杜甫は生涯のなかで最も平穏な生活を送りました。この詩はそのころの

訳

清らかな川が村を抱くように湾曲して流れ、日の長い夏、川のほとりの村はすべてがひっそり静まり返っている。家の梁《はり》に巣をかけている燕は、自由に出たり入ったりし、

作品です。妻子とともに平和に暮らしている様子が活写されています。

全編ゆったりとした調べで、首聯（第一句・第二句）は、昼下がり、清らかな川ぞいの村がひっそりしているといい、頷聯（第三句・第四句）では、燕が家を自由に出入りしたり、鴨が近づいてきたりします。鳥が人に近づくのは、人が鳥に危害を加える心配がないからです。頸聯（第五句・第六句）は、夫の杜甫と囲碁を打つために妻が紙に線を引いて碁盤を作り、魚を釣るために子どもたちが釣り針を作っています。幸せな光景です。当時、杜甫は肺を悪くしていて病気がちでした。そこで尾聯（第七句・第八句）で、今ほしいのは薬だけだといいます。杜甫はいつも詩のなかで国のことを案ずるのですが、この詩ではそれがありません。作詩に厳格な杜甫が、最初の聯で江と村の二字を二度使っています。

水中の鴎は馴れ親しんで近づいてくる。老いた妻は紙に線を引いて碁盤《ごばん》を作り、幼い子は針をたたいて釣り針を作っている。病気がちの私に必要なものは、ただ薬だけ。取るに足らないわが身に、他に何を求めることがあろうか。

竹《たけ》に映《えい》じて人《ひと》の見《み》る無《な》し
時《とき》に聞《き》く子《し》を下《くだ》すの声《こえ》

竹におおわれて
見る人は誰もいない。
時々碁石を打つ音が
聞こえてくる。

風流を音で表現。

池上二絶　其一
白楽天《はくらくてん》

山僧対棊坐
局上竹陰清
映竹無人見
時聞下子声

池《ち》上《じょう》二《に》絶《ぜつ》　その一

山《さん》僧《そう》棊《き》に対《たい》して坐《ざ》し
局上竹《きょくじょうちく》陰《いん》清《きよ》し
竹《たけ》に映《えい》じて人《ひと》の見《み》る無《な》し
時《とき》に聞《き》く子《し》を下《くだ》すの声《こえ》

解説

誰にも邪魔されず、竹の葉かげで碁を打つ山僧。時々石を打つ音で静寂が破られ、すぐにまた、いっそうの静寂が訪れます。「竹」と言えば「竹林の七賢」の超俗が思い浮かびます。「山僧」も俗塵を避けているイメージです。「山僧」と「竹」によって池のほとりの超俗の雰囲気が増します。「映竹」は竹におおわれるの意、「子」はここでは碁石です。

訳

山僧が碁盤に向かって座っている。盤上に落ちる竹の葉かげは清らか。竹におおわれているので見る人は誰もいない。時々碁石を打つ音が聞こえてくる。

偸《ひそか》に白《はく》蓮《れん》を採《と》って廻《かえ》る
蹤《しょう》跡《せき》を蔵《かく》すを解《かい》せず

こっそり白蓮を
盗み採ってきたのに、
その痕跡を
かくそうともしない。

可憐なハスと
無邪気な少女。

池上二絶　其二
白楽天《はくらくてん》

小娃撑小艇
偸採白蓮廻
不解蔵蹤跡
浮萍一道開

池上二絶《ちじょうにぜつ》　その二

小娃《しょうあ》小艇《しょうてい》を撑《あやつ》り
偸《ひそか》に白蓮《はくれん》を採《と》って廻《かえ》る
蹤跡《しょうせき》を蔵《かく》すを解《かい》せず
浮萍《ふひょう》一道《いちどう》開《ひら》く

解説

村の娘が白蓮の花をこっそり盗んできたのですが、浮草を分けて通った舟の跡がのこっていてばれてしまった、というかわいらしい詩です。「小娃」は美しい少女の意。美しいハスの花と無邪気なかわいらしい娘の姿とが重なり、ほのぼのとした雰囲気がただよいます。その一とは違う池のほとりのスケッチ。「不解」は理解できない、知らない、の意。杜甫の「月夜」（225ページ）では「遥かに憐れむ小児女の長安を憶うを解せざるを」とあります。

訳

少女が小さな舟をあやつって、こっそり白蓮を採って帰ってきた。舟の跡をかくそうともせず、浮草を分けて通った舟の跡が一筋残っている。

隣翁《りんおう》榼《こう》を挈《ひっさ》げて清早《せいそう》に乗《じょう》じ
来《き》たりて輸贏《ゆえい》を決《けっ》す昨《さく》日《じつ》の棊《き》

題画

唐寅《とういん》

楊柳陰濃夏日遅
村辺高館漫平池
隣翁挈榼乗清早
来決輸贏昨日棊

画《が》に題《だい》す

楊柳《ようりゅう》陰《かげ》濃《こま》やかにして夏日《かじつ》遅《おそ》し
村辺《そんぺん》の高館《こうかん》平池《へいち》漫《みなぎ》る
隣翁《りんおう》榼《こう》を挈《ひっさ》げて清早《せいそう》に乗《じょう》じ
来《き》たりて輸贏《ゆえい》を決《けっ》す昨日《さくじつ》の棊《き》

隣のじいさんは
酒壺をひっさげ、
朝の涼しいうちに、
昨日の碁の勝敗を
つけようと
やってくる。

俗世を超えた
風流の世界。

解説

暑くて日が長い夏。前半の二句は高駢の「山亭夏日」の「緑樹《りょくじゅ》陰《かげ》濃《こま》やかにして夏日《かじつ》長《なが》し、楼台《ろうだい》影《かげ》を倒《さかしま》にして池塘《ちとう》に入《い》る」(159ページ)を踏まえています。雨が降って漫漫と水がたたえられても、日の長い夏の水辺は蒸し暑いもの。そこで隣のじいさんは朝の涼しいうちに酒壺をひっさげて碁の決着をつけにやってきます。俗世を超えた風流の世界です。「榼《こう》」は酒壺、「輸《ゆ》贏《えい》」は勝ち負けの意。

訳

楊柳の陰が地面に黒々と落ち、夏の日がゆっくり過ぎて行く。村の近くの高館、池の水は漫漫と平らか。隣のじいさんは酒壺をひっさげ、朝の涼しいうちに、昨日の碁の勝敗をつけようとやってくる。

捲《けん》荷《か》忽《たちま》ち微《び》風《ふう》に触《ふ》れられ
瀉《そそ》ぎ下《くだ》す清《せい》香《こう》の露《つゆ》一《いっ》杯《ぱい》

野塘

韓《かん》偓《あく》

侵暁乗涼偶独来
不因魚躍見萍開
捲荷忽被微風触
瀉下清香露一杯

野《や》塘《とう》

暁《あかつき》を侵《おか》し涼《りょう》に乗《じょう》じて偶《たま》たま独《ひと》り来《き》たる
魚《うお》の躍《おど》るに因《よ》らずして萍《ひょう》の開《ひら》くを見《み》る
捲《けん》荷《か》忽《たちま》ち微《び》風《ふう》に触《ふ》れられ
瀉《そそ》ぎ下《くだ》す清《せい》香《こう》の露《つゆ》一杯《いっぱい》

捲いたハスの葉が
そよ風になでられ、
中にたまっていた
清らかな香りの露が、
ザァッと水面に
そそぎおちた。

爽やかな朝の
細やかな描写。

解説

「暁を侵す」とは、まだ人が眠っている明け方、というニュアンス。東の空がうっすら紅く染まるころ、誰も出歩くことなどありません。そこで池のほとりに「独り来た」といいます。魚が跳ねたわけでもないのに浮草が開いたのは、風が吹いてきたからですが、ここでは「風」のことはいいません。なぜ魚をいうかというと、六朝《りくちょう》時代の謝朓《しゃちょう》に「魚戯《うおたわむ》れて新荷動《しんかうご》く」（水の中で魚が泳ぎ戯れ、水上の咲いたばかりの荷の花が動く）という名句があるからです。これをうまく利用して、魚もいないのに水草が開いたのは「風」が吹いたからと想像させ、後半で「風」をいう伏線を張るのです。

後半は、いよいよ「風」の登場です。ハスのくるりと捲いた葉を微風が動かすと、中にたまっていた露が落ちます。「清香」ということによって、そそぎ落ちる爽やかな音と、ハスの花が咲きかけていることが想像され、清らかな暁の雰囲気が充満します。

訳

明け方、涼しさにひかれて、気の向くまま独りやって来た。野の池のほとりに立つと、魚が跳ねたわけでもないのに、水面の浮草がスーッと分かれた。と、たちまち、捲いたハスの葉がそよ風になでられ、中にたまっていた清らかな香りの露が、ザァッと水面にそそぎおちた。

清《せい》風《ふう》明《めい》月《げつ》 人《ひと》の管《かん》する無《な》し

鄂州南楼書事

黄《こう》庭《てい》堅《けん》

四顧山光接水光
凭欄十里芰荷香
清風明月無人管
併作南楼一味涼

鄂《がく》州《しゅう》の南《なん》楼《ろう》にて事《こと》を書《しょ》す

四《し》顧《こ》すれば 山《さん》光《こう》 水《すい》光《こう》に接《せっ》し
欄《らん》に凭《よ》れば 十《じゅう》里《り》 芰《き》荷《か》香《かんば》し
清《せい》風《ふう》明《めい》月《げつ》 人《ひと》の管《かん》する無《な》し
併《あわ》せて作《な》す 南《なん》楼《ろう》一《いち》味《み》の涼《りょう》

清らかな風と
明るい月は
誰のものでもない。

「清風名月」を
略して「風月」とも
いいます。
美しい景色の意。

夏

解説

起句は楼から眺めた遠景、月光に照らされて山も水も明るく一つになっています。承句は近景で、ヒシやハスが咲き良い香りがただよってきます。爽やかな香りを運ぶ清らかな風も、明るく輝く月も、南楼の涼味を添えます。これは誰かの所有物ではなく、誰でも存分に鑑賞できるものです。

蘇軾《そしょく》が「赤壁の賦」で「ただ江上の清風と山間の明月とは、耳、これを得て声をなし、目、これに遇いて色をなす。これを取れども禁ずる無く、これを用うれども尽きず。これ造物者の無尽蔵なり」といいます。同じ発想です。

「鄂州《がくしゅう》」は武昌、今の武漢です。

訳

南楼から四方を見渡すと、はるかな山は月光を浴びて水面の輝きと一つになり、欄干にもたれていると、あたり一面、ヒシやハスの香りがただよう。この清らかな風と明るい月は誰のものでもない。すべてが一緒になってこの南楼の涼味をこしらえてくれる。

水《すい》晶《しょう》の簾《すだれ》動《うご》いて微《び》風《ふう》起《お》こり
一《いっ》架《か》の薔《しょう》薇《び》満《まん》院《いん》香《かんば》し

山亭夏日
高駢《こうべん》

緑樹陰濃夏日長
楼台倒影入池塘
水晶簾動微風起
一架薔薇満院香

山《さん》亭《てい》夏《か》日《じつ》

緑《りょく》樹《じゅ》陰《かげ》濃《こま》やかにして夏《か》日《じつ》長《なが》し
楼《ろう》台《だい》影《かげ》を倒《さかしま》にして池《ち》塘《とう》に入《い》る
水《すい》晶《しょう》の簾《すだれ》動《うご》いて微《び》風《ふう》起《お》こり
一《いっ》架《か》の薔《しょう》薇《び》満《まん》院《いん》香《かんば》し

水晶のすだれが揺れ、
そよと風が吹くと、
バラの香りが
庭いっぱいに
ただよった。

聴覚・視覚・
触覚・嗅覚に
うったえて
涼しさを詠います。

解説

起句は、ギラギラといつまでも焼けつく夏の日差し。こんもりと繁った木々の影がくっきり黒々と地面に落ちています。「長」は、日が長い、という意味と、いつまでも日差しが強い、という意味をかねます。

承句は、そよとも風が吹かず、静かな水面に楼台が映っているようす。この句を、視覚的な涼しさを詠う、と解説する参考書もありますが、ここではその説は取りません。絶句の承句は起句の「時と場」を承けて詠い、三句目で転換し、四句目で全体をまとめるという「起承転結《きしょうてんけつ》」の構成をとるのが普通です。この詩では、転句で、簾《すだれ》の微かな音と微風《そよかぜ》をうたって涼しさを表現していますから、この

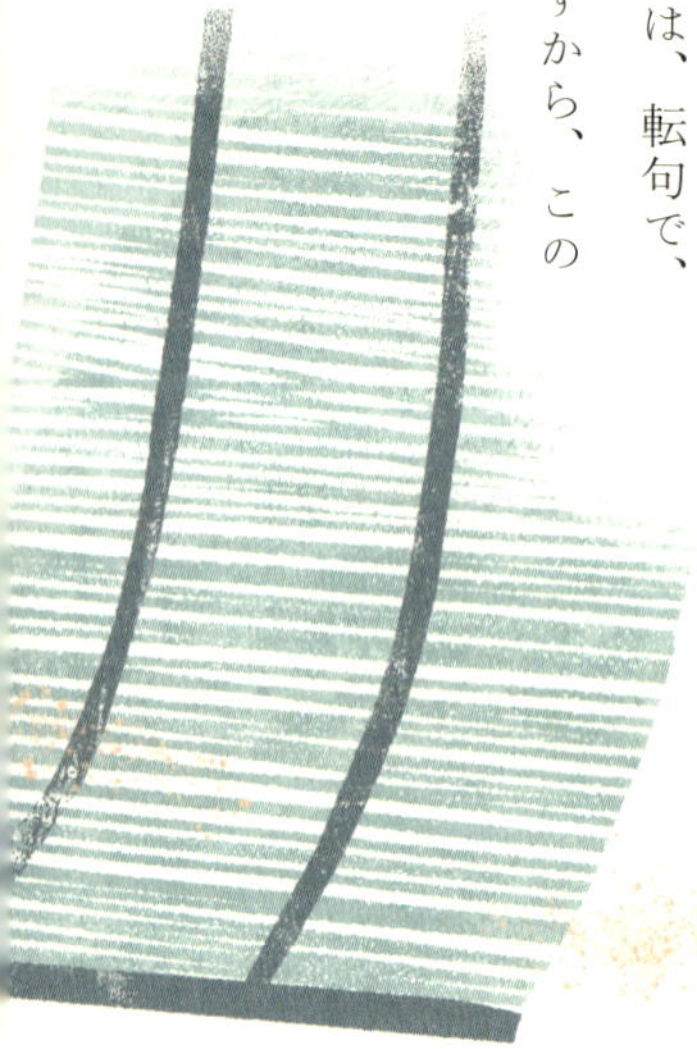

訳

緑の木々が濃い影を落とし、夏の強い日差しはいつまでも続く。池の面《おもて》には楼台がさかさまに映っている。ふと、水晶のすだれが揺れ、そよと風が吹くと、バラの香りが庭いっぱいにただよった。

転句が効果的に働くためには、承句でたとえ視覚的とはいえ涼しさをうたったのでは、またそう解釈したのでは、転句がまったく活きません。前の二句で暑くてたまらないと詠っておいてこそ、転句で微《かす》かな風でも涼しさが感じられるというものです。ですから、楼台の影が水面に映るというのは、転句の効果を最大限に引き出すため、風の全くない蒸し暑い情景をうたったもの、と解釈すべきでしょう。そうすれば、詩の構成の上でも「起」から「承」へと流れがスムーズになり、起句の暑い日差しと、承句の無風状態、しかも水辺で、じっとりしたあの蒸し暑さが感覚的に伝わってきます。「池塘」は池のことで、「塘」も池の意です。

転句。水晶の簾《すだれ》がサラサラと鳴り、そよ風が吹いた、と。因果関係からすれば、そよ風が吹いて簾が動くのですが、起句・承句のような状況、つまり、風もなくすべてが死んだような蒸し暑さのなかで、頭もボーとしていて、ほんの微かな音ではっとした。そこで、ああ、風が吹いてきたのだ、と思ったのです。因果関係ではなく、事実をそのまま表現した句と捉えると心の動きがわかります。

結句は、そよ風に乗って、棚に咲くバラの花の香りが庭いっぱいにただよったことを詠います。これで一気に蒸し暑さも消し飛んでしまいました。「満」との対比で使われる「一」の使い方も巧みです。転句は、聴覚と触覚、結句は嗅覚に訴えて「涼しさ」が感じられるように工夫されています。「涼」の字がなくても「涼」を感じさせる絶妙な詩です。

「かげ」と読む字が二つ使われています。起句の「陰」は、「陽」の反対で、日の当たらない場所、承句の「影」は、「実」の反対で、実物ではない、虚像、という意味です。

風《かぜ》に向《む》かって偏《ひとえ》に笑《わら》う
艶《えん》陽《よう》の人《ひと》を

紫薇花

杜《と》牧《ぼく》

暁迎秋露一枝新
不占園中最上春
桃李無言又何在
向風偏笑艶陽人

紫《し》薇《び》花《か》

暁《あかつき》に秋《しゅう》露《ろ》を迎《むか》えて一《いっ》枝《し》新《あら》たなり
占《し》めず　園《えん》中《ちゅう》最《さい》上《じょう》の春《はる》
桃《とう》李《り》言《い》うこと無《な》く又《また》何《いず》くにか在《あ》る
風《かぜ》に向《む》かって偏《ひとえ》に笑《わら》う艶《えん》陽《よう》の人《ひと》を

サルスベリは、
秋風に向かって
咲き誇り、
春の花を愛でた
人たちを冷笑する。

解説

サルスベリは、百日紅と記すように、夏から秋にかけて長い期間咲き続けます。起句にあるように、露が降りる頃にも新たに花を咲かせます。桃李が終わったあとの夏に咲きはじめますので、すでに「桃李は無言」でどこにいるかわからず、サルスベリは春の桃李を愛でていた人々を冷笑するかのように咲いている、と結びます。何か複雑な背景があるような詠いぶりですが、サルスベリの花を的確に詠っています。

訳

サルスベリは朝に白露を迎えて一枝が新たに花を咲かせる。庭の春の盛りには咲いてもいなかったのに。桃や李はひっそりしてどこにいるのだろう。サルスベリは、いま秋風に向かって咲き誇り、春の花を愛でた人たちを冷笑している。

籠《ろう》虫《ちゅう》一《いっ》担《たん》秋《しゅう》声《せい》を売《う》る

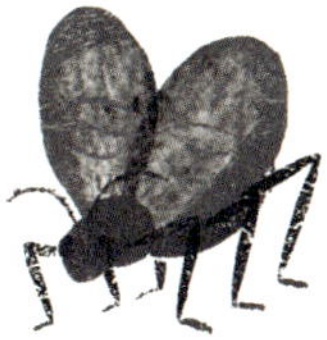

虫籠を天秤棒
いっぱいに担いで
秋の声を売っている。
虫の音《ね》に感じる
秋の涼しさ。

昌平橋納涼

野《の》田《だ》笛《てき》浦《ほ》

夏雲擘絮月斜明
細葛含風歩歩軽
数点篝灯橋外市
籠虫一担売秋声

昌《しょう》平《へい》橋《きょう》納《のう》涼《りょう》

夏《か》雲《うん》絮《わた》を擘《つんざ》いて月《つき》斜《なな》めに明《あき》らかなり
細《さい》葛《かつ》風《かぜ》を含《ふく》んで歩《ほ》々《ほ》軽《かろ》し
数《すう》点《てん》の篝《こう》灯《とう》橋《きょう》外《がい》の市《いち》
籠《ろう》虫《ちゅう》一担《いったん》秋声《しゅうせい》を売《う》る

訳

夏のわた雲を引き裂いて明るい月が斜めに射している。薄い葛の衣は風をはらみ歩みも軽い。昌平橋のむこう、夜市の灯火がいくつか見える。虫籠を天秤棒いっぱいに担いで秋の声を売っている。

解説

夏の夜、涼を求めてそぞろ歩きをする詩です。前半、夏の雲を引き裂く月光、その清らかな光を浴びながら足取り軽く進んでいくと、夏の薄い衣に風が吹いてきます。後半、橋を渡って夜市へ行こうというのでしょうか、橋向こうでは夜店の灯火がポツンポツンと点されています。歩みにつれて涼しさをさそう景を詠い、最後の結句で、虫籠の中の秋の虫の声で、秋の涼しさを詠います。江戸時代では虫籠にキリギリスや鈴虫などをいれて売り歩いていました。

昌平橋は東京の神田川に架る橋で、御茶ノ水駅の聖橋《ひじりばし》のすぐ下流にあります。聖橋に立つと、昌平橋と、丸の内線の赤い電車、総武線の黄色い電車、中央線のオレンジ色の電車を見ることができます。映画の影響か、外国の遊客も多く、写真を撮る人が絶えません。

昌平橋は近くの昌平坂にちなんだ名で、昌平坂は孔子の故郷の村の名で、坂の途中に湯島聖堂があります。ここには江戸時代に全国の優秀な人材が集まった昌平黌《しょうへいこう》がありました。

安《あん》禅《ぜん》は必《かなら》ずしも山《さん》水《すい》を須《もち》いず
心《しん》頭《とう》を滅《めつ》却《きゃく》すれば火《ひ》も亦《ま》た涼《すず》し

安らかな禅の境地は
必ずしも山水を
必要とはしない。
雑念を払って
心を無にすれば
燃え盛る火もまた
涼しくなる。

夏日題悟空上人院

杜《と》荀《じゅん》鶴《かく》

三伏閉門披一衲
兼無松竹蔭房廊
安禅不必須山水
滅却心頭火亦涼

夏日《かじつ》悟空上人《ごくうしょうにん》の院《いん》に題《だい》す

三伏《さんぷく》門《もん》を閉《と》ざして一衲《いちのう》を披《き》る
兼《か》ねて松竹《しょうちく》の房廊《ぼうろう》を蔭《おお》う無《な》し
安禅《あんぜん》は必《かなら》ずしも山水《さんすい》を須《もち》いず
心頭《しんとう》を滅却《めっきゃく》すれば火《ひ》も亦《ま》た涼《すず》し

解説

この詩は、暑いさなかにも禅の修行に余念のない悟空上人をたたえたものです。「三伏」の「伏」とは、陽気が盛んで陰気が伏せられていることをいいます。「三」は、夏至のあとの三番目の庚《かのえ》の日の「初伏」、四番目の庚の日の「中伏」、立秋後の最初の庚の日の「末伏」をいいます。

前半は、暑い寺のなかの様子。涼しそうな木陰もなく、夏の日の照りつける僧房に、僧衣をきちんと着て上人がこもっています。後半は、外的な要因で安らかな禅の境地が乱されてはいけない、禅の修行は心を無にすることだ、心を無にすれば火もまた涼しくなる、山水の涼しいところに籠る必要はない、といいます。

結句はこれだけ独立して用いられる名句です。禅家では偈《げ》として伝えられ、坐禅はどこでもできるという意味で、『碧巌録《へきがんろく》』にも見えます。

わが国戦国時代の天正十年（一五八二）、織田信長が武田勝頼を討って甲斐（山梨）に攻め入り、ついで臨済宗の恵林寺《えりんじ》を焼き討ちしたとき、快川和尚は法衣を着て衆僧とともに端坐し、この句を誦しながら死に就いたと伝えられています。

訳
暑い盛りの三伏でも門を閉ざして僧衣を着ている。もとより松や竹が部屋や廊下をおおって涼しくしてくれることもない。安らかな禅の境地は必ずしも山水を必要とはしない。雑念を払って心を無にすれば燃え盛る火もまた涼しいのだ。

怒《いか》りて玉《ぎょく》斗《と》を撞《つ》きて
晴《せい》雪《せつ》を翻《ひるが》えし
勇《いさ》んで金《きん》輪《りん》を踏《ふ》みて
迅《じん》雷《らい》を起《お》こす

奮いたって
北斗七星にぶつかり、
晴れた空に
雪を舞わせ、
勇んで満月を踏んで、
激しい雷を起こす。
打ち上げ花火の
美しさと音。

烟火戯

瞿佑《くゆう》

天花無数月中開
五色祥雲繞烽台
堕地忽驚星彩散
飛空頻作雨声来
怒撞玉斗翻晴雪
勇踏金輪起迅雷
更漏已深人漸散
闌干挑得綵灯回

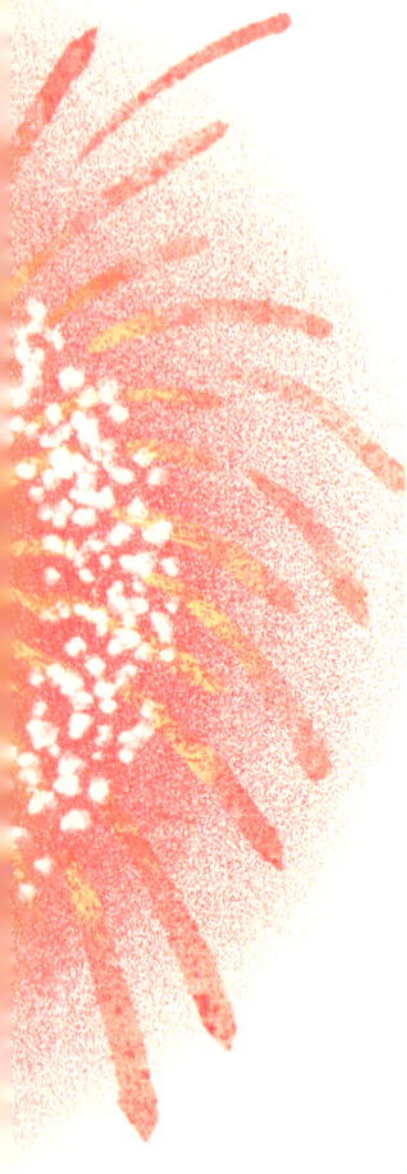

烟火戯《えんかぎ》

天花《てんか》無数《むすう》月中《げっちゅう》に開《ひら》き
五色《ごしょく》の祥雲《しょううん》　烽台《ほうだい》を繞《めぐ》る
地《ち》に堕《お》ちては忽《たちま》ち星彩《せいさい》の散《さん》ずるに驚《おどろ》き
空《くう》を飛《と》んでは頻《しき》りに雨声《うせい》を作《な》し来《き》たる
怒《いか》りて玉斗《ぎょくと》を撞《つ》きて晴雪《せいせつ》を翻《ひるが》えし
勇《いさ》んで金輪《きんりん》を踏《ふ》みて迅雷《じんらい》を起《お》こす
更漏《こうろう》已《すで》に深《ふ》けて人《ひと》漸《ようや》く散《さん》ず
闌干《らんかん》に綵灯《さいとう》を挑《かか》げ得《え》て回《めぐ》らす

訳

月明かりのなか、天空に無数の花が開き、五色のめでたい雲が烽火台をめぐる。と突然、鮮やかな色の星くずが大地に向かって飛び散り、宙を飛びながら頻りに雨のような音をたてて降って来る。奮いたって北斗七星にぶつかり、晴れた空に雪を舞わせ、勇んで満月を踏んで、激しい雷を起こす。水時計が夜更けを告げると人は次第にいなくなった。わたしは独り闌干にもたれ、灯篭の芯をかきたてるのだった。

解説

打ち上げ花火を、実況中継するように臨場感たっぷりに詠います。首聯では、花火を「天花」天に咲く花といい、打ち上げ台を「烽台」といいます。頷聯の対句は、打ち上げられた花火がパーッと開いて

散る様子を、「星彩」が飛び散って大地に向かって落ちるといい、空中を飛ぶとき雨が降るような音を出す、といいます。頸聯は、さらに詳細に、一瞬のうちに天にのぼって花を咲かせるようすを、四字・三字のリズムで、比喩を用いて表現します。「玉斗」（北斗七星）にぶつかって雪が降るよう、「金輪」（満月）を踏んで雷のような大音を起こす、と。この畳みかける表現によって瞬時にかわる状況を的確に表します。尾聯は祭りのあとの寂しさ。人々が帰ったあと、一人興奮冷めやらず、橋の欄干にもたれて灯火の芯をかきたてます。

中国で花火が詠われるのは明代《みんだい》以降です。作者の瞿佑《くゆう》は明代初期の人で、怪談集『剪灯新話《せんとうしんわ》』の著者として知られています。そのうちの「牡丹灯記」は『牡丹灯篭《ぼたんどうろう》』として翻案されています。上田秋成《うえだあきなり》の『雨月物語《うげつものがたり》』の元本の一つです。

第三章

秋

旧暦では、七月から九月が秋です。二十四節気では、立秋、処暑、白露、秋分、寒露、霜降の六節に分けられます。秋とはいえ、暑い日が続き、白露の時節にようやく秋の気配が感じられ、だんだんと涼しくなります。秋のおとずれを藤原敏行《ふじわらのとしゆき》は

　秋来ぬと目にはさやかに見えねども風の音にぞおどろかれぬる（『古今集』）

と詠っています。

秋風は西から吹いてきます。そこで「西風」ともいい、五行説では「金」に当たりますので「金風」ともいい、西は「白」が配色されていますので「白風」ともいいます。また秋を「白秋」ともいいます。和歌では秋の夕暮れのさびしさを詠う「三夕《さんせき》」がよく知られています。西行は

　心なき身にもあはれは知られけり鴫《しぎ》立つ沢の秋の夕暮れ（『新古今集』）

と詠っています。秋の夕暮れ、とつぜん静寂を破る羽音、そしてふたたびおとずれるいっそうの静寂。ただでさえ寂しい秋の夕暮れのなかで響く羽音によって、詩人の寂寥感はますます深まっていきます。

歓《かん》楽《らく》極《きわ》まりて哀《あい》情《じょう》多《おお》し
少《しょう》壮《そう》幾《いく》時《とき》ぞ　老《お》いを奈何《いかん》せん

歓楽が極まると、
悲しみが深まる。
若くて元気な日々は
いつまで
続くというのか。
迫りくる老いを
どうしよう。

秋風辞

漢　武帝《ぶてい》・劉徹《りゅうてつ》

秋風起兮白雲飛
草木黄落兮雁南帰
蘭有秀兮菊有芳
懐佳人兮不能忘
汎楼船兮済汾河
横中流兮揚素波
簫鼓鳴兮発棹歌
歓楽極兮哀情多
少壮幾時兮奈老何

秋風《しゅうふう》の辞《じ》

秋風《しゅうふう》起《お》こりて白雲《はくうん》飛《と》び
草木《そうもく》黄落《こうらく》して雁《かり》南《みなみ》に帰《かえ》る
蘭《らん》に秀《はな》有《あ》り　菊《きく》に芳《かおり》有《あ》り
佳人《かじん》を懐《おも》いて忘《わす》るる能《あた》わず
楼船《ろうせん》を汎《うか》べて汾河《ふんが》を済《わた》り
中流《ちゅうりゅう》に横《よこ》たわりて素波《そは》を揚《あ》ぐ
簫鼓《しょうこ》鳴《な》りて棹歌《とうか》発《はっ》し
歓楽《かんらく》極《きわ》まりて哀情《あいじょう》多《おお》し
少壮《しょうそう》幾《いく》時《とき》ぞ　老《お》いを奈何《いかん》せん

解説

紀元前の中国戦国時代の宋玉《そうぎょく》（前二九〇～前二二三）は「九弁《きゅうべん》」で、

悲哉秋之為気也　悲《かな》しいかな 秋《あき》の気《き》たるや

蕭瑟兮草木揺落而変衰　蕭瑟《しょうしつ》として 草木《そうもく》揺落《ようらく》して変衰《へんすい》す

といいます。宋玉の師にあたる屈原《くつげん》は寂しい秋を詠いますが、明確に秋は悲しいとはいいません。秋は悲しいというのは、宋玉から始まります。そして「悲秋《ひしゅう》」の文学が連綿と続くことになります。

題名にある「辞」は、文体の名前で、『楚辞《そじ》』の流れを引いています。『楚辞』は紀元前三世紀ころ長江沿いの楚の国で詠われた幻想的な詩で、代表詩人は屈原《くつげん》です。一句が六言や七言で構成され「兮《けい》」の字が句末や句中に用いられます。

「蘭」は、ここではラン科の花ではなく、秋の七草の一つのフジバカマのことです。キク科の多年草で、秋に淡紅紫色の小さな花が集まって咲きます。「佳人」は『楚辞』の湘君や湘夫人の連想から神

訳

秋風が起り、白雲が飛び、草木は黄ばみ落ち、雁の群れは南に帰ってゆく。蘭に花が咲き、菊に清々しい香りがたつと、女神の面影が胸にわき、忘れることができない。きらびやかな屋形船を汾河に浮かべ、流れの中ほどに舟を横たえると、船ばたに白い波が揚がる。笛や太鼓の華麗な音が響き、水夫たちの威勢のいい船歌も湧き起こる。しかし歓楽が極まると、悲しみが深まる。若くて元気な日々はいつまで続くというのか。迫りくる老いを

どうしよう。

女を指します。「汾河」は山西省を東北から西南に流れて黄河に注ぐ川。「中流」は、川幅の中ほどのことです。川の上流・中流・下流という中流ではありません。

秋風が立つと秋の雲が流れ、秋の花が咲き匂います。人恋しくなる爽やかな秋に、豪華な船を浮かべて酒を飲み、音楽や舞いを存分に楽しみます。歓楽が最高潮に達すると、いつかその歓楽が尽きてしまうことを思い、悲しみが湧き起こります。それはあたかも、元気で若々しい青春時代があっと言う間に過ぎて老いを迎えるのと同じです。

季節の秋と人生の秋を重ねて、人生の無常を悲しみます。最後の二句にいたるまで楽しみを詠いあげることによって、最後の二句がより切実に胸に響きます。

心緒《しんしょ》揺落《ようらく》に逢《あ》い
秋風《しゅうふう》聞《き》くべからず

汾上驚秋

蘇頲《そてい》

北風吹白雲
万里渡河汾
心緒逢揺落
秋風不可聞

汾上《ふんじょう》秋《あき》に驚《おどろ》く

北風《ほくふう》白雲《はくうん》を吹《ふ》く
万里《ばんり》河汾《かふん》を渡《わた》る
心緒《しんしょ》揺落《ようらく》に逢《あ》い
秋風《しゅうふう》聞《き》くべからず

草木の葉が
散りしきり、
心の糸がふるえて、
秋風を聞くことが
できない。

「心緒」は、
こころの糸。
感じやすい心を
いいます。

解説

汾河の秋といえば、漢の武帝の「秋風《しゅうふう》の辞」（177ページ）がすぐに思い浮かびます。この詩は、「秋風の辞」の秋風に流される白雲、草木が揺落することなど同じ詩語を用います。しかし、「秋風の辞」は船を汾河の中流に浮かべて歌舞を楽しむのに対して、この詩は南から北に旅をし、汾河をわたって「秋風」を聞きます。「心緒」は「心の糸」。昔の人は、心から「緒」（糸のはし）が出ていて、それが物事に触れて、心が感じて動く、つまり感動すると考えました。この詩では、旅をしているうえに秋に逢っていっそう寂しさを感じ、秋風を聞くに耐えられない、と新しい感覚を詠んでいます。

訳

北風が白い雲を吹き送るなか、万里の旅路をやってきて汾河を渡る。ただでさえ心もとない旅にあるのに、草木の葉が散りしきるのに逢って心の糸がふるえ、秋風を聞くことができない。

古《こ》道《どう》人《ひと》の行《ゆ》くこと少《まれ》に
秋《しゅう》風《ふう》禾《か》黍《しょ》を動《うご》かす

古い道は
通る人もまれで、
ただ秋風だけが
稲や黍をさわさわと
うらさびしく
吹いている。
荒涼とした秋の景色。

秋日

耿湋《こうい》

返照入閭巷
憂来誰共語
古道少人行
秋風動禾黍

秋《しゅう》日《じつ》

返《へん》照《しょう》閭《りょ》巷《こう》に入《い》る
憂《うれ》い来《き》たりて誰《たれ》と共《とも》に語《かた》らん
古《こ》道《どう》人《ひと》の行《ゆ》くこと少《まれ》に
秋《しゅう》風《ふう》禾《か》黍《しょ》を動《うご》かす

解説

秋の夕暮れの悲しさを詠っています。かつては多くの人が行きかった道は、いまはすっかりさびれ、人の通るのは稀です。作者は古道を独り歩き、寂しさをかみしめます。結句の「秋風禾黍を動かす」は荒涼とした秋の景色を表したもので、秋風に揺れて稲や黍がさわさわと鳴る音がわびしさを際立たせます。

平安時代後期の歌人 源《みなもとの》 経信《つねのぶ》の和歌「夕されば門田の稲葉音づれてあしのまろやに秋風ぞ吹く」と同じ趣きです。芭蕉には「此の道や行く人なしに秋の暮れ」とあります。

訳

夕陽の照り返しが村里の路地の奥深くまで差しこんでいる。ふときざす秋の夕暮れの悲しみ、誰と共に語りあって慰めよう。古い道は通る人もまれで、ただ秋風だけが稲や黍《きび》をさわさわとうら寂しく吹いている。

洛《らく》陽《よう》城《じょう》裏《り》　秋《しゅう》風《ふう》を見《み》る
家《か》書《しょ》を作《つく》らんと欲《ほっ》して　意《い》万《ばん》重《ちょう》

洛陽のまちに
秋風を見た。
秋になると無性に
故郷が恋しくなり、
手紙を
書こうとすると、
つのる思いが
あふれてくる。

秋《しゅう》思《し》

洛《らく》陽《よう》城《じょう》裏《り》　秋《しゅう》風《ふう》を見《み》る
家《か》書《しょ》を作《つく》らんと欲《ほっ》して　意《い》万《ばん》重《ちょう》
復《ま》た恐《おそ》る　怱《そう》怱《そう》説《と》いて尽《つ》くさざるを
行《こう》人《じん》発《はっ》するに臨《のぞ》んで又《また》封《ふう》を開《ひら》く

秋思　張《ちょう》籍《せき》

洛陽城裏見秋風
欲作家書意万重
復恐怱怱説不尽
行人臨発又開封

解説

起句の「秋風を見る」という発想が秀抜です。この句は、作者の苗字「張」と同じ苗字の張翰《ちょうかん》の故事を踏まえています。

張翰が洛陽で役人をしているとき、吹き初めた秋風に呉の郷土料理、鱸魚《ろぎょ》の膾《なます》と蓴《ジュンサイ》の羹《あつもの》（スープ）が恋しくなり、「心にかなう生き方こそが大切。なんで遠い異郷に役人暮らしをして、名誉や地位を求める必要があろうか」といい、役人を辞め車を命じて帰っていった、といいます。

俗世を嫌い風流を愛するこの故事から「蓴羹鱸膾《じゅんこうろかい》」の四字熟語ができました。詩の前半は、同じく洛陽勤めで、同姓で、同郷の張翰の故事を下敷きにして、望郷のおもいにかられる心理を巧みに詠います。後半は、つのる思いに語り尽くせないようすを描き、望郷の思いの強さを詠います。

訳

洛陽のまちに秋風を見た。木々の葉が裏を見せて翻り、散っている。無性に故郷が恋しくなり、手紙を書こうとすると、つのる思いがあふれてくる。したためてはみたが、言い忘れたことはないかと気がかりになり、手紙を届けてくれる旅人が出発する間際に、もう一度封を開いて見直した。

朝来《ちょうらい》庭樹《ていじゅ》に入《い》るを
孤客《こかく》最《もっと》も先《さき》に聞《き》く

秋風の引
劉禹錫《りゅううしゃく》

何処秋風至
蕭蕭送雁群
朝来入庭樹
孤客最先聞

秋風《しゅうふう》の引《いん》

何《いず》れの処《ところ》よりか秋風《しゅうふう》至《いた》る
蕭々《しょうしょう》として雁群《がんぐん》を送《おく》る
朝来《ちょうらい》庭樹《ていじゅ》に入《い》るを
孤客《こかく》最《もっと》も先《さき》に聞《き》く

秋風が朝から
庭の木々に
吹きこんで枝を
ざわつかせている。
その音を、
独り旅の私が
まっ先に聞きつけた。

秋

解説

どこからともなく吹き始めた秋風にのって、雁の群れが飛んできます。雁は秋には北から南にわたり、春になると北に帰っていきます。漢の蘇武《そぶ》が雁の足に手紙を結びつけて都に届けたという故事から、雁は手紙を運ぶ鳥として詩によく詠われ、雁を待つ人は古里からのおとずれを待ち望む、というイメージが定着しました。

独り旅をするわびしさから、雁の音によって古里へのおもいが強まり、朝がたのざわつく木々の音にいち早く秋を感じ取った。そこで、どこから秋風が吹いてくるのか、と起句が詠い出されます。「雁群」の「群」と「孤客」の「孤」との対比によって、作者の孤独感はいっそう明らかです。

訳

いったいどこから秋風が吹いてくるのか、さびしそうに音を立てて雁の群れを送ってくる。朝がた庭の木々に吹きこんで枝をざわつかせている音を、独り旅をする私がまっ先に聞きつけた。

人《にん》情《じょう》已《すで》に南《なん》中《ちゅう》の苦《く》を厭《いと》う
鴻《こう》雁《がん》那《なん》ぞ北《ほく》地《ち》より来《き》たる

蜀中九日

王《おう》勃《ぼつ》

九月九日望郷台
他席他郷送客杯
人情已厭南中苦
鴻雁那従北地来

蜀中九日《しょくちゅうきゅうじつ》

九《く》月《がつ》九日《ここのか》望《ぼう》郷《きょう》台《だい》
他《た》席《せき》他《た》郷《きょう》客《かく》を送《おく》るの杯《はい》
人《にん》情《じょう》已《すで》に南《なん》中《ちゅう》の苦《く》を厭《いと》う
鴻《こう》雁《がん》那《なん》ぞ北《ほく》地《ち》より来《き》たる

人は南方の
生活の辛さに
耐えられないのに、
あの雁たちはなぜ
北からわざわざ
南に飛んで
くるのだろう。

故郷への強い思い。

解説

九月九日は、陽の数字の「九」が「九九」と重なるので「重陽《ちょうよう》」といい、節句の行事として高台に登り菊花の酒を飲み一年の厄払いをする習慣がありました。そこで作者も故郷を望み見るという名の望郷台に登ってみました。ふと見ると、他の宴席で他郷の人が故郷

に帰る送別の杯を交しています。自分はこんな南の生活に飽きあきして一刻も早く北の故郷に帰りたいのに、と羨ましく思います。そのとき、鴻雁（大型の雁の仲間の鳥と、小型の雁）が北から南に渡ってきます。そこで、なんで雁たちはわざわざ南に飛んでくるのか、と吐き捨てるようにいいます。

作者に望郷の念を起こさせるものが三つ、次々と詠われます。一つ目は「望郷」の台、二つ目は他席他郷の送別の宴、三つめは北地の鴻雁の南飛です。

故郷のほうから来た雁を見たら、一般的には、故郷の人は今どうしているか、とか、私も翼があったら故郷に帰りたい、などと思うでしょうが、この詩ではなぜこんな所にわざわざ来るのかといいます。今いるところがよほど嫌だったということもあるでしょうが、新しい表現によって、望郷の念の強さがいっそう明らかになります。

訳

九月九日、重陽節の日に望郷台に登り、郷愁にそそられる折しも、他《よそ》の宴席で、他郷の人の送別の宴を開いて杯を交わしている。人（私）は南方の生活の辛さに耐えられないのに、あの雁たちはなぜ北からわざわざ南に飛んでくるのだろう。

遥《はる》かに知《し》る兄弟《けいてい》の高《たか》きに登《のぼ》る処《ところ》
遍《あまね》く茱《しゅ》萸《ゆ》を挿《さ》して一《いち》人《にん》を少《か》くを

九月九日憶山東兄弟
王《おう》維《い》

独在異郷為異客
毎逢佳節倍思親
遥知兄弟登高処
遍挿茱萸少一人

九《く》月《がつ》九《ここの》日《か》山《さん》東《とう》の兄《けい》弟《てい》を憶《おも》う

独《ひと》り異《い》郷《きょう》に在《あ》って異《い》客《かく》と為《な》り
佳《か》節《せつ》に逢《あ》う毎《ごと》に倍《ます》ます親《しん》を思《おも》う
遥《はる》かに知《し》る兄《けい》弟《てい》の高《たか》きに登《のぼ》る処《ところ》
遍《あまね》く茱《しゅ》萸《ゆ》を挿《さ》して一《いち》人《にん》を少《か》くを

遥か故郷を思うと、兄弟がうちそろって高台に登り、みな茱萸を髪に挿しているのに、自分一人だけが欠けている。

一人欠けているという斬新な着想と、茱萸の紅い色によって、望郷の念が深まります。

解説

重陽の節句には、家族みんなで高い所に登り、菊酒を飲んだり、紅い茱萸の実を髪に挿したりしました。だから、普段から親兄弟を思っているけれど、佳節に逢うたびにますます、親兄弟が懐かしく思われる、といいます。後半は、自分以外、親兄弟がみな揃って茱萸の実を髪に挿している情景を想像します。家族団欒の輪に自分がいない様子を思い浮かべて、異郷に独り過ごしていることを強調し、望郷の思いがいっそうこみあげてくることを詠います。

一般的な詠い方では、家族団欒の輪に加わりたい、というでしょうが、ここでは一人欠けている様子を詠う斬新な着想と、茱萸の紅い色を最後に詠う印象的な表現によって、よりいっそう望郷の念が深まります。

訳

独り異郷で異国の人として暮らしていると、佳節に逢うたびにますます親兄弟のことがなつかしく思われる。重陽の佳節の今日、遥か故郷を思うと、兄弟がうちそろって高台に登り、みな茱萸を髪に挿しているのに、自分一人だけがその団欒に欠けているのだ。

知《し》らず此《こ》の意《こころ》何《いずく》にか安《あん》慰《い》せん
酒《さけ》を飲《の》み琴《きん》を聴《き》き又《また》詩《し》を詠《えい》ず

憂苦を晴らそうにも
すべはない。
白楽天にならい、
酒を飲み、琴を聴き、
詩を詠じて、
自ら慰めよう。

悲しみを晴らすのは
「酒と音楽と詩」。

秋思

菅原道真《すがわらのみちざね》

丞相度年幾楽思
今宵触物自然悲
声寒絡緯風吹処
葉落梧桐雨打時
君富春秋臣漸老
恩無涯岸報猶遅
不知此意何安慰
飲酒聴琴又詠詩

秋思《しゅうし》

丞相《じょうしょう》年《とし》を度《わた》って幾《いく》たびか楽思《らくし》す
今宵《こんしょう》物《もの》に触《ふ》れて自然《しぜん》に悲《かな》し
声《こえ》は寒《さむ》し　絡緯《らくい》風《かぜ》吹《ふ》くの処《ところ》
葉《は》は落《お》つ　梧桐《ごどう》雨《あめ》打《う》つの時《とき》
君《きみ》は春秋《しゅんじゅう》に富《と》み臣《しん》漸《ようや》く老《お》ゆ
恩《おん》は涯岸《がいがん》無《な》く報《むく》ゆること猶《な》お遅《おそ》し
知《し》らず此《こ》の意《こころ》何《いず》くにか安慰《あんい》せん
酒《さけ》を飲《の》み琴《きん》を聴《き》き又《また》詩《し》を詠《えい》ず

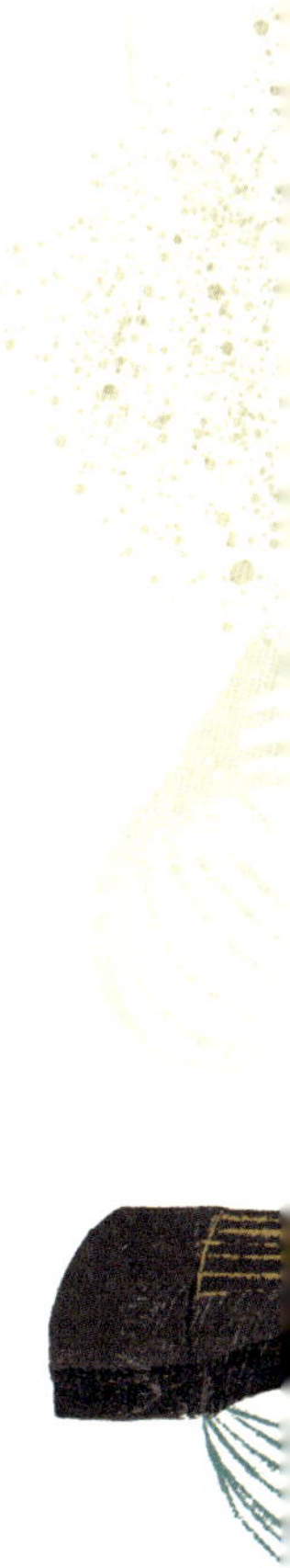

解説

菅原道真（八四五～九〇三）は昌泰《しょうたい》二年（八九九）右大臣《うだいじん》に任じられました。学者出身の道真の昇進を快く思わない人が多くいたであろうことは容易に想像できます。道真は、その家柄でない者が大臣の職を汚しているのが苦痛である、と「右大臣を辞する表」（昌泰二年二月二十七日、三月四日、三月二十八日、昌泰三年二月六日）、「職封を減ぜんことを請う表」（昌泰二年十一月五日）を上《たてまつ》りましたが、許されませんでした。そして昌泰三年（九〇〇）九月十日、重陽節《ちょうようせつ》の翌日の宴で天皇の勅題《ちょくだい》に応じて「秋思」の詩を作りました。

詩中の「絡緯」はクツワムシ。「涯岸」は果て、限り。第八句は白楽天の「北窓三友」の詩に拠っています。この詩の原題は「九日後朝同賦秋思応制（九日《きゅうじつ》後朝《こうちょう》同《とも》に「秋思」を賦し制《せい》に応《おう》ず）」です。「九日」は九月九日の重陽節。この日は宮中で宴が催され官僚が漢詩を作りあいました。「後朝」は翌日の十日または後日に行われる後宴のこ

訳

右大臣の職を拝してより年月を過ごし、いくたびも楽しい思いをしてまいりましたが、今宵は物にふれてそぞろに哀れを催します。吹きくる秋風の中に聞こえる虫の音《ね》は冷やかに胸に沁み、そぼふる雨に舞い散る梧桐の葉に寂しさが募ります。陛下はお歳も若く春秋に富んでおられますが、それにひきかえ私は年老いてゆくだけです。御恩は果てしもなく大きく広く、果たしてお報いできますかどうか、心細いかぎりです。この憂苦を晴らそ

とで、特に賜宴の後日の宴をさす日本独特のいい方です。「同賦」は、「詩人たちとともに～を題にして詩を作る」の意。「応制」は天皇の命に応えた作であることをいいます。平安時代は、天皇を中心に詩筵が多く開かれ、天皇が出した題にそって詩を作りました。「秋思」は、秋の寂しい思い、秋の悲しみ、の意です。

中国で「秋は悲しい」ものと認識し、寂しさを誘う風物を詩に詠うことが、戦国時代の宋玉《そうぎょく》（前二九〇～前二二三）から始まります（178ページ）。その後中国に「悲《ひ》秋《しゅう》文《ぶん》学《がく》」が定着し、日本にも影響を及ぼします。「応制」は、中国でも日本でも一般的に、宴に招待された御礼をのべ、楽しい宴のようすを描写し、主催者が長生きされますようにと詠います。一方で招待した人は、来年この宴が開けるかどうかわからない、と悲しく詠いました。ですから、自らの悲しい思いを詠う道真の詩は、個性的で特殊なものということになります。

うにもそのすべはございません。かの白楽天は憂悶を晴らす手段として三つのものを挙げております。私もそれにならい、酒を飲み、琴を聴き、詩を詠じて、自ら慰めようと思います。

この詩は天皇に賞賛され、御召しの御衣《ぎょい》を賜りました。

翌昌泰四年一月七日、道真は藤原時平《ふじわらのときひら》とともに従二位に叙せられます。が、同二十五日、突然、大宰権帥《だざいごんのそつ》に左遷されます。

そのときの「宣命」は以下のようでした。

「右大臣菅原朝臣は寒門から俄《にわ》かに大臣に取り立てられたが、止足《しそく》の分《ぶん》を知らず、専権の心があり、佞諂《ねいてん》の情をもって前上皇を欺き、廃立を行い、父子の慈を離間し、兄弟の愛を破ろうとした」（『政事要略』）。

二月一日、道真は、妻と年長の女子を京都の家に残し、

東風《こち》吹かばにほいおこせよ梅の花あるじなしとて春を忘るな

と詠い、年少の男女とともにあわただしく京を出立したといいます。

恩《おん》賜《し》の御《ぎょ》衣《い》今《いま》此《ここ》に在《あ》り
捧《ほう》持《じ》して毎《まい》日《にち》余《よ》香《こう》を拝《はい》す

九月十日

菅《すが》原《わら》道《みち》真《ざね》

去年今夜侍清涼
秋思詩篇独断腸
恩賜御衣今在此
捧持毎日拝餘香

九《く》月《がつ》十日《とおか》

去《きょ》年《ねん》の今《こん》夜《や》清《せい》涼《りょう》に侍《じ》す
秋《しゅう》思《し》の詩《し》篇《へん》独《ひと》り断《だん》腸《ちょう》
恩《おん》賜《し》の御《ぎょ》衣《い》今《いま》此《ここ》に在《あ》り
捧《ほう》持《じ》して毎《まい》日《にち》余《よ》香《こう》を拝《はい》す

天子より
賜った御衣は
いまここにある。
毎日奉って
移り香を拝し、
天恩の厚きに
感じ入っている。
忠誠のこころを
表します。

解説

八九七年、道真の長女の衍子《えんし》が入内《じゅだい》して宇多天皇の女御となっています。また八九九年には道真の正室島田宣来子《しまだののぶきこ》が従五位に叙せられています。道真はこのころ顕栄の絶頂にありました。が、一転、謀反の罪で大宰府に流されました。そのときの「宣命」には「天皇の廃立を計画し、父子の慈しみを離間し、兄弟の愛を裂こうとした」とありました。つまり、醍醐《だいご》天皇を廃し、弟の斉世《ときよ》親王を天皇に立てようと企てた、というのです。

斉世親王は醍醐天皇の異母弟で、道真の娘を妻とし、道真が後見していました。それ故に、「専権の心があり」、権力を専らにしようと、「佞諂《ねいてん》の情をもって前上皇を欺き」、宇多天皇に媚び諂い、栄達をはかって裏切った、というのです。

「秋思」の詩が作られたのは、九〇〇年です。その翌年、道真は大宰府へ左遷され、この詩を作りました。天皇への忠誠が、そのまま

訳

去年の今夜は清涼殿に侍り、ほかの臣たちとともに「秋思」の詩を作り、自分の詩だけが腸もちぎれんばかりの悲しい思いにあふれていた。そのとき賜った御衣はいまここにある。日ごとに奉って移り香を拝し、天恩の厚きに感じ入っている。

詠われています。身に覚えがなくても、天皇の怒りに触れて大宰府に流された道真は、俗に榎寺《えのきでら》と言われる浄妙寺で謹慎の生活を送ります。質素な生活をし、家族を思いながら、道真は九〇三年、五十九歳で亡くなり、安楽寺に葬られました。

学者として誠実な生涯を送った道真は、天神として祀られ、やがて学問の神、和歌の神、書道の神として広く信仰されます。道真は死に臨み、大宰府で作った漢詩を集め、封緘して紀長谷雄《きのはせお》のもとに送りました。それを見た長谷雄は天を仰いで嘆息しました。「大臣の藻思《そうし》は絶妙で、天下無双である」と。道真は、唐の白楽天《はくらくてん》(居易)を学び、中国の詩の模倣から脱して、漢詩を自らの思いを詠う日本の詩へと昇華させました。

日《ひ》落《お》ちて 長《ちょう》沙《さ》 秋《しゅう》色《しょく》遠《とお》し
知《し》らず 何《いず》れの処《ところ》にか
湘《しょう》君《くん》を弔《とむら》わん

遊洞庭

李《り》白《はく》

洞庭西望楚江分
水尽南天不見雲
日落長沙秋色遠
不知何処弔湘君

洞《どう》庭《てい》に遊《あそ》ぶ

洞《どう》庭《てい》西《にし》に望《のぞ》めば楚《そ》江《こう》分《わ》かる
水《みず》尽《つ》き 南《なん》天《てん》 雲《くも》を見《み》ず
日《ひ》落《お》ちて 長《ちょう》沙《さ》 秋《しゅう》色《しょく》遠《とお》し
知《し》らず 何《いず》れの処《ところ》にか湘《しょう》君《くん》を弔《とむら》わん

秋の夕暮れ、
悲しい死を遂げた
湘君を弔いたいが、
果てしも知らない
湖水ではどこに
その霊を弔えば
よいかわからない。

解説

この詩は刑部侍郎《けいぶじろう》の李曄《りよう》と、中書舎人《ちゅうしょしゃじん》の賈至《かし》の二人とともに洞庭湖に舟遊びをしたときの作品です。李曄は嶺南に左遷される途中で、賈至は岳陽に左遷されていました。李白は夜郎に流され長江を遡っている途中恩赦にあって岳陽に戻ってきていました。洞庭湖は岳陽の西に広がる大きな湖で、湘水と沅水の二つの川が南の方から注ぎ込んでいます。洞庭湖の南の一帯は瀟湘《しょうしょう》地方といい、風光明媚なことで有名です。八つの景勝が「瀟湘八景」といわれ、画題・詩題となって多くの画や詩が作られました。日本の「〜八景」はこの瀟湘八景に由来します。詩中の「長沙」は洞庭湖から南に湘水を下ったところにあります。古来、文人が左遷される地として詩によく詠われます。「楚江」は長江の中流部分をいいます。ちょうど湖北・湖南の楚の地方を流れています。「湘君」は古代帝舜《ていしゅん》の妻の、姉の

娥皇と妹の女英をいいます。夫の帝舜が湖南の巡行中に亡くなったのを悲しみ、二人は湘水に身を投げて亡くなり、水神「湘君」と「湘夫人」になりました。詩では押韻の関係もあって、二人を合わせて「湘君」といったのでしょう。

詩は、広々とした洞庭湖を詠います。秋の気が澄んでいて、西の方には楚江（長江）が流れ込んでいるのがはっきり見えます。南の方には水と空が交わり、一片の雲もありません。日が暮れる頃、長沙のかなたまで秋の気配が広がっています。ただでさえ寂しい秋の夕暮れ。広大無辺の秋の湖に舟を浮かべていると、人間の存在の小ささ儚さが胸にせまってきます。この地に夫の跡を追って死んでいった姉妹はどんな思いだったのだろうか、せめても弔ってあげたいが、どこで弔ったらよいのか、といっそうの悲哀を添えます。洞庭湖の広々とした景に、限りない悲哀の情を込めた名作です。

訳

洞庭湖から西を望むと、楚江が分かれて流れ込んでいるようすがはっきりと見える。水が尽きるあたり、南の空には一片の雲もない。日は落ちて、長沙のかなたまで秋の気配が遠く広がっている。この果てしない水のどこに湘君を弔ったらいいのだろうか。

大抵《たいてい》四時《しいじ》　心《こころ》総《すべ》て苦《くる》しきも
就中《なかんずく》腸《はらわた》の断《た》つは是《こ》れ秋天《しゅうてん》

暮立

白楽天《はくらくてん》

黄昏独立仏堂前
満地槐花満樹蝉
大抵四時心総苦
就中腸断是秋天

暮《くれ》に立《た》つ

黄昏《こうこん》独《ひと》り立《た》つ仏堂《ぶつどう》の前《まえ》
満地《まんち》の槐花《かいか》　満樹《まんじゅ》の蝉《せみ》
大抵《たいてい》四時《しいじ》　心《こころ》総《すべ》て苦《くる》しきも
就中《なかんずく》腸《はらわた》の断《た》つは是《こ》れ秋天《しゅうてん》

四季折々に苦しく
悲しいことがあるが、
なかでも腸が
断ち切れるほど
悲しいのは秋だ。

宋玉《そうぎょく》以降の
「悲秋文学」の
流れを
受けていますが、
白楽天の悲しみは
別の要因も
ありました。

解説

白楽天《はくらくてん》は四十歳のときに母を失い、喪に服すため郷里の下邽《かけい》に帰っていました。この作品はそのころのものです。四季それぞれに悲しいが、なかでも腸がちぎれるほど悲しい、というのは、母の死という最大の不幸があったからです。政治のうえでも時局が自分と相容れない体制になっていたので、憂鬱で孤独だったと想像されます。

承句は「満地の槐花満樹の蟬」と、秋まっさかりの情景をリズムよく、明るい雰囲気で描写しているようです。が、あたりが次第に暮れてゆくなかでは、真っ白な地面は冷たく見え、鳴きしきる蟬の声は寂しく聞こえてきます。この情景があることによって、後半が、ただの説明に終わらない、実感を伴った句になります。

訳

たそがれに独り仏堂の前に立つと、エンジュの花が地面を埋め尽くし、木という木には蟬が鳴きしきっている。およそ四季それぞれに心は苦しいものだが、とりわけ腸がちぎれるほど悲しいのは秋である。

中《ちゅう》庭《てい》地《ち》白《しろ》く樹《き》に鴉《からす》棲《す》み
冷《れい》露《ろ》声《こえ》無《な》く桂《けい》花《か》を湿《うるお》す

十五夜望月

王《おう》建《けん》

中庭地白樹棲鴉
冷露無声湿桂花
今夜月明人尽望
不知秋思在誰家

十《じゅう》五《ご》夜《や》月《つき》を望《のぞ》む

中《ちゅう》庭《てい》地《ち》白《しろ》く樹《き》に鴉《からす》棲《す》み
冷《れい》露《ろ》声《こえ》無《な》く桂《けい》花《か》を湿《うるお》す
今《こん》夜《や》月《げつ》明《めい》　人《ひと》尽《ことごと》く望《のぞ》むも
知《し》らず秋《しゅう》思《し》誰《た》が家《いえ》にか在《あ》る

中庭の地面は白く、
烏が樹のねぐらに
ついている。
冷たい露が結んで
木犀の花を
しっとりと濡らす。

中秋の名月の
清らかな美しさを
視覚と嗅覚に訴えて
詠います。

解説

起句は、庭に照る月光の白と、樹上の烏の黒とを対照的に写し出します。承句は、冷たい露がいつしか結び、モクセイの花がしっとりうるおっています。「桂」はカツラではなく、モクセイです。モクセイは雨の後や露に濡れたりすると、いっそう香りが強まります。中秋の明月のころ花が咲き香ることから、詩歌ではよく「桂」と「月」とをいっしょに詠うことがあります。縁のあることばなので縁語《えんご》といいます。その縁とは次の神話にもとづきます。

中国の神話では、月に「嫦娥《じょうが》（または姮娥《こうが》）」が住んでいるといいます。昔中国には太陽が十個あり民が苦しんでいるのを見かねた弓の名人の羿《げい》が一つだけ残して他は射落としました。それを称え西王母《せいおうぼ》が羿に不老不死の霊薬を授けたのですが、妻の嫦娥が盗み飲み、身が軽くなって月に昇り女神となりました。月の宮殿の庭に「桂」の木があり、中秋の明月のときにはその香りが地上にまで香ってき

訳

中庭の地面は白く、烏が樹のねぐらについている。冷たい露が結んで木犀《もくせい》の花をしっとりと濡らしている。こよい中秋の名月の明るい光を、人はみな望み見ているだろうが、秋の夜の物思いにふける人はどこにいるのだろうか。

た、といいます。

ここから、月のことを「嫦娥」とも「桂宮」ともいいます。月はほかに、大皿に似ているので「玉盤」、鏡のように丸いので「明鏡」「飛鏡」などともいいます。また白い兎が住んでいるという伝説か

ら「白兎《はくと》」ともいいます。日本では兎が餅を搗いているといいますが、中国では仙薬を錬っているといいます。また大きな蟾蜍《せんじょ》が棲んでいるので「蟾蜍」ともいいます。「蟾蜍」はヒキガエルで、月が欠けるのは蟾蜍が月を飲み込むため、と考えられていました。

漢詩で「月」といえば満月をさします。三日月なら「眉月《びげつ》」「繊月《せんげつ》」、半月なら「半輪の月」などといいます。ちなみに「輪」は車輪、また車輪のように丸くなっているものをさし、月や太陽を「月輪」「日輪」といいます。日本語では「花一輪」といいますが、漢詩ではそういういい方はありません。

詩の前半は、まるで月の世界のような美しい光景です。モクセイのあまい香りのたちこめる夜、清らかな月を見て、人は何を思うでしょうか？　月は遠く離れた所でも同じように見ることができます。だから、月を見て、別れた人はどんな思いでこの月を見ているだろうか、などと相手を思ったり、自分が一人でいる寂しさを嘆いたりすることになります。

後半、今夜の中秋の明月を人はみな眺めているであろうが、秋の物思いにふける人はだれであろうか。自問するような、また別れている人に問うようなつぶやきの口調です。一人で月を眺めるさびしさと、別れている人への思いが滲み出ます。

水晶《すい しょう》の簾《すだれ》を却下《きゃっ か》して
玲瓏秋月《れい ろう しゅう げつ》を望《のぞ》む

玉階怨《ぎょくかいえん》

玉階《ぎょくかい》に白露《はくろ》生《しょう》じ
夜久《よるひさ》しくして羅襪《らべつ》を侵《おか》す
水晶《すいしょう》の簾《すだれ》を却下《きゃっか》して
玲瓏秋月《れいろうしゅうげつ》を望《のぞ》む

玉階怨

李白《りはく》

玉階生白露
夜久侵羅襪
却下水晶簾
玲瓏望秋月

水晶の簾《すだれ》をおろし、
簾ごしに清らかに
輝く秋の月を眺める。

解説

「玉階（大理石の階段）」「羅襪（絹の靴下）」「水晶の簾」の語から、詩中の主人公は貴族か富豪の女性、あるいは宮中の女性が想像されます。「階」は庭から家に入る四、五段の階段です。その女性は夜が更けるまで「久しく」ずっと誰かを待っています。やがて夜露がおりて絹の靴下に冷たくしみてきます。そこで部屋に入って玲瓏（清らかで美しい）と輝く秋の月を独りで眺めます。

「玉」「白」「水晶」「玲瓏」「月」と、清らかなイメージの漢字を用いて、全篇透きとおるような美しい詩です。夜露が靴下に沁みる冷たさは、恋する人の来ない寂しさを暗に示します。結句では、多面体の水晶を透過する月光が部屋全体に淡くひろがる様子が想像されます。この部屋に満ちる淡い月の光は女性の悲しみが部屋に満ちるようであり、女性はその悲しみに溶け込むように独り月を眺めます。

訳

玉《たま》の階《きざはし》に白露が結び、夜更けとともに絹の靴下に冷たく沁みとおってきた。部屋に入り、水晶の簾をおろし、簾ごしに清らかに輝く秋の月を眺める。

月《げっ》光《こう》は水《みず》の如《ごと》く
水《みず》は天《てん》に連《つら》なる

月の光は水のように
清らかで、輝く水は
天につらなっている。

透明な月の光のなか、
きらめく水とともに
寂しさが天へと流れ、
広がってゆきます。

江楼書感

趙《ちょう》嘏《か》

独上江楼思渺然
月光如水水連天
同来翫月人何処
風景依稀似去年

江《こう》楼《ろう》書《しょ》感《かん》

独《ひと》り江《こう》楼《ろう》に上《のぼ》れば思《おも》い渺《びょう》然《ぜん》たり
月《げっ》光《こう》は水《みず》の如《ごと》く　水《みず》は天《てん》に連《つら》なる
同《とも》に来《き》たりて月《つき》を翫《もてあそ》びし人《ひと》は何《いず》れの処《ところ》ぞ
風《ふう》景《けい》は依《い》稀《き》として去《きょ》年《ねん》に似《に》たり

秋

解説

冒頭から「独り」「思い渺然」と、寂しさが詠われ、その寂しさは、透明な月の光のなか、きらめく水とともに天の際へと流れてゆきます。「月光水の如く」「水天に連なる」と「水」を繰り返していうことによって、水のように寂しさが胸に静かに広がる様子も伝わってきます。また、第一句の「思い渺然」が「水の如く」「天に連なる」と具体的に詠われることによって、「独り」の寂しさが強調されます。

転句は前半を承けながら、かつて「同に来た人」を登場させます。前半の「独り上る」に照応して「同に来た」というところに、強い孤独感がただよい、第一句の「思い渺然」がさらに効果的に響きます。明代《みんだい》の譚元春《たんげんしゅん》は「ことばの端《はし》ばしに、とどまるところを知らないすすり泣きがある」と評しています。

趙嘏は浙西《せっせい》（潤州《じゅんしゅう》）にいたころ、美しい一人の女性を溺愛していました。ところが科挙を受験するため都に上っている間に、浙西節度《せっせいせつど》

訳

独り川のほとりの高殿に登ると、思いははてしなく広がる。月の光は水のように澄みわたり、水は水平線のかなたの空に連なっている。ともにこの高殿に登って月を愛でて楽しんだ人は、どこへ行ってしまったのか。この風景は、去年、あの人といっしょに見たときと同じなのに。

使《し》に奪われてしまいます。趙嘏は科挙に及第したのちにそのことを知り、悲しみのあまり詩を一首作り、節度使はその詩を読むと哀れに思い、都にいる彼のもとへ人を介して女性を送りとどけることにしました。途中、横水駅《おうすいえき》（河南省孟津県《もうしんけん》の西）で二人は偶然に出会い、二人は抱き合い、痛哭して再会を喜びあいました。が、女性は再会の二日後に亡くなってしまいました。趙嘏は死ぬまで彼女を思いつづけ、臨終のとき彼女の姿を見た、と伝えられています。

自《みずか》ら歎《たん》ず
多《た》情《じょう》は是《こ》れ足《そく》愁《しゅう》なるを
況《いわ》んや風《ふう》月《げつ》庭《にわ》に満《み》つるの
秋《あき》に当《あ》たるをや

多情で感じやすい
人は愁いが多いもの、
まして、秋風が吹き、
月の光が庭一面に
照りそそぐ季節は
なおのこと。

秋怨

魚玄機《ぎょげんき》

自歎多情是足愁
況当風月満庭秋
洞房偏与更声近
夜夜灯前欲白頭

秋怨《しゅうえん》

自《みずか》ら歎《たん》ず　多情《たじょう》は是《こ》れ足愁《そくしゅう》なるを
況《いわ》んや風月《ふうげつ》庭《にわ》に満《み》つるの秋《あき》に当《あ》たるをや
洞房《どうぼう》偏《ひと》えに更声《こうせい》と近《ちか》し
夜々《やや》灯前《とうぜん》に白頭《はくとう》ならと欲《ほっ》す

訳

多情で感じやすい人は愁いが多い、と、つい嘆いてしまう。ましてや、秋風が吹き、明月の光が庭一面に照りそそぐ季節には。ままならないのは、部屋のすぐ近くに聞こえる、時刻を告げる太鼓の音。毎晩毎晩、わたしは灯火の前で、太鼓の音を聞いているうちに、みどりの黒髪も白くなろうとしている。

解説

魚玄機《ぎょげんき》は激情の女流詩人です。二十六歳で刑死しました。伝記は森鷗外《もりおうがい》が小説『魚玄機』で詳しく書いています。

起句の「多情は是れ足愁」は杜牧の「多情は却って似たり総《すべ》て無情なるに」〈贈別〉を意識しています。「足」は「多い」の意です。于武陵の詩に「人生別離足る」という句もあります。井伏鱒二《いぶせますじ》はこれを「『サヨナラ』ダケガ人生ダ」と翻案しました。

承句は秋の風景ですが、「風月」に、男女の色恋、の意もあり、唐の中程ではこの意味でよく用いられます。ここも、もの寂しい風景ではなく、なまめいた気配がただよいます。転句の「洞房」は女性の部屋のことですが、新婚の部屋をいうこともあります。つまり、男のいるべき女の部屋、というニュアンス。

結句の「白頭ならんと欲す」の先例として白楽天《はくらくてん》の「夜《よる》の砧《きぬた》を聞《き》く」に

誰《た》が家《いえ》の思婦《しふ》ぞ秋《あき》に帛《きぬ》を擣《う》つ／月《つき》苦《さ》え風《かぜ》凄《すさ》まじくして砧杵《ちんしょ》悲《かな》し／八月九月正《まさ》に長き夜／千声万声《せんせいばんせい》了《や》む時《とき》無《な》し／応《まさ》に天明《てんめい》に到らば頭尽《こうべことごと》く白かるべし／一声《いっせい》添《そ》え得《え》たり一茎《いっけい》の糸《いと》

とあります。独り灯火の前で時を数えている魚玄機の悲しみが目に浮かんできます。

頭《こうべ》を挙《あ》げて山《さん》月《げつ》を望《のぞ》み
頭《こうべ》を低《た》れて故《こ》郷《きょう》を思《おも》う

静夜思

李《り》白《はく》

牀前看月光
疑是地上霜
挙頭望山月
低頭思故郷

静《せい》夜《や》思《し》

牀《しょう》前《ぜん》　月《げっ》光《こう》を看《み》る
疑《うたご》らくは是《こ》れ地《ち》上《じょう》の霜《しも》かと
頭《こうべ》を挙《あ》げて山《さん》月《げつ》を望《のぞ》み
頭《こうべ》を低《た》れて故《こ》郷《きょう》を思《おも》う

頭をあげて
山の上の月を眺め、
頭をたれて
懐かしい故郷を思う。
故郷へのおもいを
詠います。

解説

「月」は望郷を詠うときによく用いられます。この詩は、「地上」の月影を見、光にみちびかれて「頭を挙げて」山の上の月を見、「頭を低れて」下を向く、という視線の動きのなかに、霜かと思ったのが月の光だったという驚き、美しい月を見た嬉しさ、そして故郷への思い＝郷愁を詠います。李白は四川省の山の中で育ちましたので、山の月を見ていっそう故郷が懐かしく思い出されたことでしょう。

「霜」は、日本では水蒸気が凝固した氷の結晶をいいますが、中国では、例えば「月落ち烏《からす》啼《な》いて霜天《しもてん》に満つ」（245ページの〈楓橋夜泊《ふうきょうやはく》〉）というように、空中にただよう冷気をいいます。そこでこの詩では「地上に降りた」霜、といっています。

井《い》伏《ぶせ》鱒《ます》二《じ》は、この詩を『厄除《やくよ》け詩集《ししゅう》』で次のように翻案しています。

ネマノウチカラフト氣ガツケバ／霜カトオモフイイ月アカリ／

訳

静かな秋の夜ふけ、寝台の前までさし込んでいる月の光を見た。あまりにも白いので、地上に降りた霜かと思った。月の光だと知り、頭をあげてみると、山の端に明るく耀く月がかかっている。その明月を眺めているうちに、故郷がなつかしくなり、知らず知らず頭をたれていた。

ノキバノ月ヲミルニツケ／ザイショノコトガ氣ニカカル

李白はどこで地上の霜のような月光を見たのか、と問題になります。ベッドの上で見た、窓際まで行って見た、ベッドといっても持ち運びができるので庭で見た、という説があります。五言絶句は余計なことは省略していいません。大事なことは、月と、その光によって湧き起こる望郷のおもい、です。

香《こう》霧《む》に雲《うん》鬟《かん》湿《うるお》い
清《せい》輝《き》に玉《ぎょく》臂《ひ》寒《さむ》からん

香しい夜霧に
妻の雲のような髪は
しっとり湿い、
清らかな月の光が
玉《たま》の臂《かいな》を寒々と
照らしているだろう。

遠く離れている
妻を詠います。

月夜

杜甫《とほ》

今夜鄜州月
閨中只独看
遥憐小児女
未解憶長安
香霧雲鬟湿
清輝玉臂寒
何時倚虚幌
双照涙痕乾

月夜《げつや》

今夜《こんや》　鄜《ふ》州《しゅう》の月《つき》
閨《けい》中《ちゅう》只《た》だ独《ひと》り看《み》るならん
遥《はる》かに憐《あわ》れむ　小《しょう》児《じ》女《じょ》の
未《いま》だ長《ちょう》安《あん》を憶《おも》うを解《かい》せざるを
香《こう》霧《む》に雲《うん》鬟《かん》湿《うるお》い
清《せい》輝《き》に玉《ぎょく》臂《ひ》寒《さむ》からん
何《いず》れの時《とき》か虚《きょ》幌《こう》に倚《よ》り
双《とも》に照《て》らされて涙《るい》痕《こん》乾《かわ》かん

解説

杜甫四十五歳の秋、安禄山の軍に捕えられ、長安に幽閉されていた時の作品です。妻子は鄜州に疎開していました。この詩は、全篇想像で詠っています。冒頭で、自分が長安で月を眺めているなどといわずに、妻が「独り」で「鄜州の月」をいちずに眺めているだろうといいます。「只独看」は「只だ独り＋看る」ではなく「只だ＋独り看る」で、独りで看るしかない状況で只だ＝一途に、の意です。この「独りで看る」を承けて、次の頷聯（第三句・第四句）では子どもたちが寝静まっていることを暗にいいます。ただ表現上では、「子どもたちは長安にいる父親のことを思うこともできないほど幼ない、それを「遥かに憐れむ」といいます。「憐」は、「あわれむ」と読みますが、可愛くてしかたがない、の意です。

次の頸聯（第五句・第六句）では、第二句の「只」（一途に）を承けて、妻が一途に月を眺める様子を描きます。身じろぎもせず見つめるの

訳

今宵《こよい》鄜州では、空に輝く月を、妻は寝室で独りでじっと見ていることだろう。遥かこの長安から愛おしく思うのは、長安にいる父親のことを思うこともできないほど幼い子どもたちのこと。（子どもたちはもう寝静まっているだろう）。香しい夜霧に妻の雲のような髪はしっとり湿い、清らかな月の光が玉《たま》の臂《かいな》を寒々と照らしているだろう。いつになったら、人気《ひとけ》のない窓辺で、二人で嬉し涙が乾くまで月を眺める日がやってくるのだろう。

で、髪は夜露でしっとり潤います。「臂《かいな》」は手首から肘をいいます。当時の女性は袖の長い服を着ていましたので、臂が月に照らされているというのは、頬杖をついて袖が下におちていることを暗に表します。またこの聯の「湿」「寒」の文字から、妻が寂しく悲しい思いでいることを暗示します。

最後の尾聯では、いつ会えるだろうか、という一般的な表現ではなく、窓辺でいっしょに月を眺め、嬉し涙のあとが乾くのを月が照らす、そういう日がいつ来るのだろう、といいます。「虚幌」は人気のないカーテン、つまり人気のない窓辺で、子どもたちが寝静まったあとで、の意が込められています。冒頭では「独り」といい、最後には「双《ふた》り」といいます。

言葉の選択・表現といい、全体の構成といい、すばらしい詩です。特に頸聯は、自分の妻を宮女のように美しく詠っています。

長安《ちょうあん》一片《いっぺん》の月《つき》
万戸《ばんこ》衣《ころも》を擣《う》つの声《こえ》

子夜呉歌四首　其三
李《り》白《はく》

長安一片月
万戸擣衣声
秋風吹不尽
総是玉関情

子《し》夜《や》呉《ご》歌《か》四《よん》首《しゅ》　その三

長安《ちょうあん》一片《いっぺん》の月《つき》
万戸《ばんこ》衣《ころも》を擣《う》つの声《こえ》
秋風《しゅうふう》吹《ふ》いて尽《つ》きず
総《す》べて是《こ》れ玉関《ぎょくかん》の情《じょう》

長安の空にかかる
一片の月が町の
すみずみまで照らし、
万を数える家々から
衣を擣《う》つ砧《きぬた》の音が
響いている。

砧を打つ音は
秋の風物詩。

何日平胡虜
良人罷遠征

何《いず》れの日《ひ》か胡《こ》虜《りょ》を平《たい》らげ
良《りょう》人《じん》遠《えん》征《せい》を罷《や》めん

解説

月は、夜どこにいても見ることができます。だれかといっしょに眺めたこともあるでしょう。詩で月を詠うと、それは恋する人を思い出させたり、家族を思い出させたりします。衣を砧で打つのは、着物の生地を柔らかくして夫のために新たに冬の着物をぬってあげるためです。秋風は、西のかなた、夫のいる国境の玉門関のあたりから吹いてきます。月の光によって視覚を、砧の音によって聴覚を、風の頬を過ぎる触覚によって、妻が夫を思う気持ち、玉門の情を引きだします。最後の二句は、不安、悲しみから、妻のふと漏らしたつぶやきのようです。

訳

長安の空にかかる一片の月が町のすみずみまで照らし、万を数える家々から衣を擣つ砧の音が響いている。秋風は吹いて尽きることがない。このすべてが玉関の情を起こさせる。いつになったら敵を平定し、良人《おっと》は遠征をやめて帰ってくるのだろう。

晴《せい》空《くう》一《いっ》鶴《かく》雲《くも》を排《はい》して上《のぼ》る
便《すなわ》ち詩《し》情《じょう》を引《ひ》いて碧《へき》霄《しょう》に到《いた》る

晴れた空に一羽の
鶴が雲をおしわけて
上り、たちまち
詩情を引いて
碧《あお》くすみわたる空の
彼方に飛んでゆく。

秋の爽やかさが、
詩情を豊かにします。

秋思二首　其一
劉禹錫《りゅううしゃく》

自古逢秋悲寂寥
我言秋日勝春朝
晴空一鶴排雲上
便引詩情到碧霄

秋思二首《しゅうしにしゅ》　その一

古《いにしえ》より秋《あき》に逢《お》うて寂寥《せきりょう》を悲《かな》しむ
我《われ》は言《い》う　秋日《しゅうじつ》は春朝《しゅんちょう》に勝《まさ》れりと
晴《せい》空《くう》一鶴《いっかく》雲《くも》を排《はい》して上《のぼ》る
便《すなわ》ち詩《し》情《じょう》を引《ひ》いて碧《へき》霄《しょう》に到《いた》る

解説

宋玉《そうぎょく》の「九弁」（178ページ）や漢の武帝の「秋風の辞」（177ページ）以来、秋といえば「悲秋」の語が連想され、「秋思」の詩では多く別離や旅情などを詠います。しかしこの詩はそうした通念を批判して、新たな詩境をひらいています。秋の詩情は寂寥を悲しむものではない、清らかで爽やかなことにある、と。

詩の前半は従来の季節感をひっくり返し、後半はひっくり返した季節感を一幅の絵に仕立てています。一羽の鶴が白雲をかきわけて紺碧の大空のかなたに飛んで行く景色は、まさしく清らかで爽やか。結句の「詩情を引いて」の語もシャレています。

その二も見ましょう。

山明水浄夜来霜　山《やま》は明《あき》らかに水《みず》は浄《きよ》し夜来《やらい》の霜《しも》

数樹深紅出浅黄　数樹《すうじゅ》の深紅《しんこう》浅黄《せんこう》を出《い》だす

訳

昔から秋になると寂寥を悲しんだものだが、私は秋の日は春の朝よりもすばらしいと言いたい。なぜなら、晴れた空に一羽の鶴が雲をおしわけて上り、たちまち詩情を引いて碧くすみわたる空の彼方に飛んでゆくから。

試上高楼清入骨
豈知春色嗾人狂

試《こころ》みに高楼《こうろう》に上《のぼ》れば清《せい》 骨《こつ》に入《い》る
豈《あ》に知《し》らんや春色《しゅんしょく》の人《ひと》を嗾《そその》かして
狂《くる》わしむるを

澄んだ大気に、山は明らかに水は浄《きよ》く、夜には霜さえ降る。深紅に燃える木の葉の間に鮮やかな浅黄《あさぎ》の葉がまじる。試みに高殿に上ってみると、清らかな冷気が骨にしみ入る。春景色が人を狂おしく悩ませる風情は秋にはない。

秋の美しい情景を「山」「水」「樹」で描き、骨に沁みる冷気を詠っています。

霜《しも》落《お》ちて荊《けい》門《もん》江《こう》樹《じゅ》空《むな》し
布《ふ》帆《はん》恙《つつが》無《な》く秋《しゅう》風《ふう》に挂《か》く

秋下荊門

李《り》白《はく》

霜落荊門江樹空
布帆無恙挂秋風
此行不為鱸魚鱠
自愛名山入剡中

秋《あき》荊《けい》門《もん》を下《くだ》る

霜《しも》落《お》ちて荊《けい》門《もん》江《こう》樹《じゅ》空《むな》し
布《ふ》帆《はん》恙《つつが》無《な》く秋《しゅう》風《ふう》に挂《か》く
此《こ》の行《こう》鱸《ろ》魚《ぎょ》の鱠《なます》の為《ため》ならず
自《みずか》ら名《めい》山《ざん》を愛《あい》して剡《せん》中《ちゅう》に入《い》る

霜が降り、
荊門のあたりの
川辺の木々は
葉が散って寂しく
なっているが、
舟旅は順調に進み、
帆は秋風をうけて
いっぱいに
ふくらんでいる。

解説

荊門は湖北省宜都県の西北、長江の南岸にある山の名前です。北岸の虎牙山《こがさん》と門のようになっていることからこの名があります。山の下の水勢は激しく、長江の難所の一つです。李白《りはく》の乗った舟がこのあたりを通過すると、霜が降りて木々の葉が散って寂しくなっていました。険しいところですが、帆は無事で、つまり舟旅は順調で、帆は秋風をいっぱいに受けている、といいます。「布帆」は布製の帆。当時は高価なものでした。布製が買えない者はムシロを帆にしたりしていました。「恙」はツツガムシという虫の名。「憂え」「病」の意もあります。「無恙《むしつ》」「恙無《つつがな》し」は平安無事なことをいいます。六朝《りくちょう》時代、顧愷之《こがいし》が舟で還るとき、帆がなかったので殷中堪《いんちゅうたん》から帆を借りますが、途中大風に遭って舟が大破しました。愷之は中堪が心配しているだろうと「行人安穏、布帆恙無し」と手紙を送ったという故事があります。

訳

霜が降り、荊門のあたりの川辺の木々は葉が散って寂しくなっているが、舟旅は順調に進み、帆は秋風を受けていっぱいにふくらんでいる。今回の旅は鱸魚の鱠《なます》が食べたくなったからではない。名山に遊ぶのが好きなので剡中に行くのだ。

秋風と鱸魚《ろぎょ》は、六朝時代の張翰《ちょうかん》の故事を踏まえています。長安で役人をしていた張翰が、吹き初めた秋風に呉の郷土料理、鱸魚の鱠《なます》とジュンサイのスープが恋しくなり、「心にかなう生き方こそが大切。なんで遠い異郷に役人暮らしをして、名誉や地位を求める必要があろうか」といい、役人を辞めて帰っていった、といいます（186ページ）。

この詩は、名誉や地位を求める必要はない、自分の生き方にかなうように生きるべきだという張翰の故事を踏まえながら、しかし鱸魚の鱠が食べたくて呉の地方へ旅するのではない。さらに先の剡中に名山を訪ねに行く、と張翰よりも更に高い境地を目指します。

秋

憐《あわ》れむべし九《く》月《がつ》初《しょ》三《さん》の夜《よる》
露《つゆ》は真《しん》珠《じゅ》に似《に》　月《つき》は弓《ゆみ》に似《に》たり

暮江吟

白《はく》楽《らく》天《てん》

一道残陽鋪水中
半江瑟瑟半江紅
可憐九月初三夜
露似真珠月似弓

暮《ぼ》江《こう》吟《ぎん》

一道《いちどう》の残《ざん》陽《よう》　水《すい》中《ちゅう》に鋪《し》き
半《はん》江《こう》は瑟《しつ》瑟《しつ》　半《はん》江《こう》は紅《くれない》なり
憐《あわ》れむべし九《く》月《がつ》初《しょ》三《さん》の夜《よる》
露《つゆ》は真《しん》珠《じゅ》に似《に》　月《つき》は弓《ゆみ》に似《に》たり

いとおしいのは、
九月三日の夜の景色。
白露《しらつゆ》は
真珠のようであり、
月は弓のよう。
秋の夕暮れの美しさ。

解説

九月は旧暦では晩秋です。その三日の夕暮れを詠っています。沈みゆく夕陽が川面を照らすと、その半分が紅色に染まります。日の

秋

差していない半分はもとの深緑色。彩り美しい景色です。後半はさらに感動的に美しい情景が詠われます。植物にむすんだ露が真珠のように輝き、月は弓のような三日月だ、と。透明感あふれる秋の夕暮れで、ここには「悲しい秋の夕暮れ」のイメージはありません。転句の「可憐」は訓読すると「憐れむべし」ですが、「可哀そう」という意味ではありません。「かれん」の意です。印象深く心に残る感動を表す言葉です。

承句は「半江《はんこう》は瑟瑟《しつしつ》　半江《はんこう》は紅《くれない》」と、上の四字と下の三字が対になっています。また、結句も「露《つゆ》は真珠《しんじゅ》に似《に》　月《つき》は弓《ゆみ》に似《に》たり」と、上の四字と下の三字が対になっています。このような句を「句中《くちゅう》対《つい》」といいます。「句中対」を用いるとリズムがよくなり、景色もより立体的になります。

訳

一すじのなごりの夕陽が水中に差し込み、川の半分は深《ふか》緑《みどり》色《いろ》に、半分は紅《くれない》色《いろ》に染まる。いとおしいのは、九月三日の夜の景色。白露《しらつゆ》は真珠のようであり、月は弓のよう。

霜《そう》葉《よう》は二《に》月《がつ》の花《はな》よりも紅《くれない》なり

霜に打たれた楓の
葉は二月の花よりも
もっと紅い。
紅葉の美の発見。

山行

杜《と》牧《ぼく》

遠上寒山石径斜
白雲生処有人家
停車坐愛楓林晩
霜葉紅於二月花

山《さん》行《こう》

遠《とお》く寒《かん》山《ざん》に上《のぼ》れば石《せき》径《けい》斜《なな》めなり
白《はく》雲《うん》生《しょう》ずる処《ところ》　人《じん》家《か》有《あ》り
車《くるま》を停《とど》めて坐《そぞ》ろに愛《あい》す楓《ふう》林《りん》の晩《くれ》
霜《そう》葉《よう》は二《に》月《がつ》の花《はな》よりも紅《くれない》なり

解説

前半の二句は、色のないモノクロームの世界を描いています。さびしい山にやってきて、石ころだらけの小道を上り、雲のわくあたり、人家が見えるところまで来た、と。視線はつねに上に向かっています。内容も、起から承へとスムーズに詠われています。視線がぶれていません。そして、転句、車を停めます。すると視線が変わり、一気に視界が広がり、夕暮れ時の楓の林が目に飛び込んできます。結句はその感動を、モミジの葉は、二月の花よりもいっそう紅く輝いている、と結びます。

モノクロームの世界から満山の紅葉を見ますが、そのさい「車を停めて」視線を転換しています。色を表すことばは前半ではまったく使わず、最後に「紅」を出すという周到な用意もあります。だから、モミジの「紅」の美しさが印象深く心に焼きつきます。

ことばはすべて関連づけられて活きています。「人家」は、白雲

訳

はるばる遠く人気《ひとけ》のない寒々とした山に登ると、石ころだらけの小道が斜めに上まで続いている。車をとめ、何とはなしに夕暮れの楓《かえで》の林を愛《め》でると、霜《しも》に打たれた楓の葉は二月の花よりもいっそう紅《あか》く輝いている。

の生じるあたりにありますから、隠者の家のイメージです。そこで「遠」は、俗塵たちこめる町から「遠く」山にやってきた、という意味合いも含まれます。ただ気まぐれにやってきたのではありません。はるばる、俗人のいない「寒山」に登り、隠者の世界を堪能しようという心の動きがあったのです。そこで「上」へと「斜めに」続く石ころだらけの小道をわき目もふらずに「上って」いきます。ようやく「人家」が見えたところで車を停める、そこで振り返ると、満山のモミジだった、というのです。たんに山道を登って来て振り返ったらモミジだった、というのではつまらない詩です。また、あちこち見ながら上ってきたら、モミジも見えたはずですから、ひたすら上を目指して上ってきたよ、といわなければなりません。そして、俗人もいない、自分の俗気も抜けた、そういう状態になったときモミジを見た、そこでモミジの美しさにハッと心をうばわれたの

です。

当時はモミジを鑑賞する習慣はなかったといわれます。モミジは惨めに散っていくだけですから。それに対して春の花はやがて実がなり緑の葉が繁ります。エネルギーがあふれています。春の紅い花は桃の花でしょうか。甘い香りもあります。それでも霜に打たれたモミジが美しいというからには、選択されたことばと、巧みな構成によって、読者を作者の詩的世界に導き、作者の美的体験を追体験させ、作者と同じ感動が得られるようにしないといけません。その上で結句のキメがあります。「霜葉は二月の花よりも紅なり」と。

黄雲《こううん》堆裏《たいり》白波《はくは》起《お》こる
香稲《こうとう》熟《じゅく》する辺《あた》り蕎麦《きょうばく》の花《はな》

秋日野遊
虎関師練《こかんしれん》

浅水柔沙一径斜
機鳴林響有人家
黄雲堆裏白波起
香稲熟辺蕎麦花

秋日野遊《しゅうじつやゆう》

浅水柔沙《せんすいじゅうさ》一径《いっけい》斜《なな》めなり
機鳴《はたな》り林《はやし》響《ひび》いて人家《じんか》有《あ》り
黄雲《こううん》堆裏《たいり》白波《はくは》起《お》こる
香稲《こうとう》熟《じゅく》する辺《あた》り蕎麦《きょうばく》の花《はな》

黄金色の雲が
重なっているなかに
白い波が立っている。
それは稲が
香しく実る中に、
ソバの白い花が
咲いているのだ。

黄金色の雲の中の
白い波、
紅葉だけではない
秋の彩りです。

解説

杜牧《とぼく》の「山行」（239ページ）と同じ韻字が同じ順に使われています。杜牧の詩は木々の葉が散った寒々とした山と石ころだらけの小径、白い雲、というモノクロームの景色を描き、一転して、後半では夕陽に照らされたモミジの、眼にも鮮やかな紅い色を印象的に詠っていました。また人家は隠者が住んでいるイメージでした。

この詩では、柔らかな砂の小径、機織りの音、という人が住んでいる情景を前半で描き、後半でハッと驚くような景色を描きます。黄色い雲の中に白い波が揺れる風景です。林の続く中にこんな不思議な世界があるとは思いもしません。よく見れば、黄色い雲は実った稲で、白い波はソバの花です。なんとも粋な結句です。前半で人の住んでいることをいっていますので、稲やソバを植えていても不思議ではないのです。実に上手い構成です。

訳

川の水かさが減り、柔らかな砂の小径が一つ斜めに林のほうへと続いている。機織りの音が林に響いているので、どうやら人家があるようだ。林を抜けると、突然黄色い雲が重なり、そのなかに白い波が立っている。よくよく見ると、黄金色に実った稲が香るあたりにソバの白い花が咲いているのだ。

姑《こ》蘇《そ》城《じょう》外《がい》の寒《かん》山《ざん》寺《じ》
夜《や》半《はん》の鐘《しょう》声《せい》客《かく》船《せん》に到《いた》る

楓橋夜泊

張継《ちょうけい》

月落烏啼霜満天
江楓漁火対愁眠
姑蘇城外寒山寺
夜半鐘声到客船

楓《ふう》橋《きょう》夜《や》泊《はく》

月《つき》落《お》ち烏《からす》啼《な》いて霜《しも》天《てん》に満《み》つ
江《こう》楓《ふう》漁《ぎょ》火《か》愁《しゅう》眠《みん》に対《たい》す
姑《こ》蘇《そ》城外《じょうがい》の寒《かん》山《ざん》寺《じ》
夜《や》半《はん》の鐘《しょう》声《せい》客《かく》船《せん》に到《いた》る

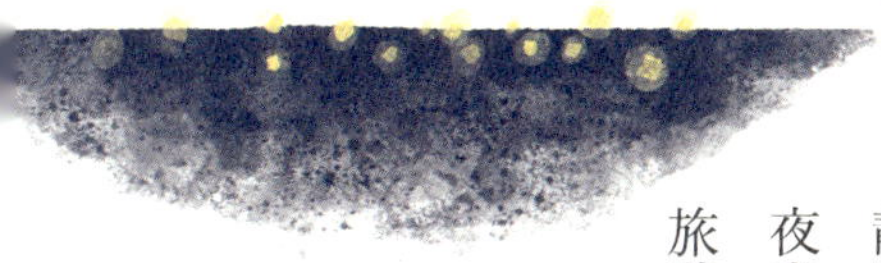

姑蘇の町の郊外の
寒山寺から、
夜半を告げる
鐘の音が客船まで
鳴り響いてきた。
静寂を破る
夜半の鐘の音が
旅愁をかきたてます。

解説

寒山寺《かんざんじ》は蘇州《そしゅう》の西の郊外にあり、寒山寺の前を流れている川が大運河に通じています。その川が大運河に注ぐあたりに楓橋がありま す。姑蘇《こそ》は蘇州の雅名。作者は楓橋のたもとに舟どまりして、旅愁のために眠れずまどろんでいます。

すると、月が沈んであたりは暗くなり、烏が啼き止むといっそうの静けさが訪れます。しかも冷気が満ちて寒い。旅愁のために眠れずにいる目の前には、漁火《いさりび》がちらちら赤く揺れ、川のほとりの楓を照らしています。やがて寒山寺から夜半を告げる鐘の音が船まで鳴り響いてきます。そして、鐘の音が止んだあと、いっそうの静けさと、旅愁が詩人を襲います。

旅愁を詠う名作として親しまれています。

訳

月が沈み、烏が啼き、冷たい気が天に満ちて寒さが増した。愁いのために眠れずまどろんでいる目に、江のほとりの楓が漁《いさり》火《び》に照らされているのが見える。折しも、姑蘇の町の郊外の寒山寺から、夜半を告げる鐘の音が客船まで鳴り響いてきた。

菊《きく》を采《と》る東《とう》籬《り》の下《もと》
悠《ゆう》然《ぜん》として南《なん》山《ざん》を見《み》る

菊の花を東の
籬《まがき》のもとで折りとり、
悠然として
南山を見る。

人として生きる
真の意義は、
俗世から遠ざかり、
心身ともに自然と
一つになること。

秋

飲酒　其の五

陶淵明《とうえんめい》

結廬在人境
而無車馬喧
問君何能爾
心遠地自偏
采菊東籬下
悠然見南山
山気日夕佳
飛鳥相与還
此中有真意
欲辯已忘言

飲酒《いんしゅ》　その五

廬《いおり》を結《むす》んで人境《じんきょう》に在《あ》り
而《しか》も車馬《しゃば》の喧《かまびす》しき無《な》し
君《きみ》に問《と》う　何《なん》ぞ能《よ》く爾《しか》るやと
心《こころ》遠《とお》ければ地《ち》自《おのず》から偏《へん》なり
菊《きく》を采《と》る東籬《とうり》の下《もと》
悠然《ゆうぜん》として南山《なんざん》を見《み》る
山気《さんき》日夕《にっせき》に佳《よ》く
飛鳥《ひちょう》相《あ》い与《とも》に還《かえ》る
此《こ》の中《うち》に真意《しんい》有《あ》り
弁ぜんと欲《ほっ》して已《すで》に言《げん》を忘《わす》る

訳

隠者の生活をして、粗末な家を人里のなかに構えている。人里なので車馬が往来してやかましいはずだが、それはない。君に聞くが、どうしてそんなことができるのか。心が人里から遠ければ、地は自から辺鄙になるのだ。菊の花を東の籬のもとで折りとり、悠然として南山を見る。山は夕暮れになると夕霞がたなびいてことのほか美しく、鳥たちが連れだってねぐらへと帰ってゆく。この何気ない風景のなかにこそ人として生きる真の意義がある。その真意を説明しようとすると、とたんに説明すべきことばを忘れてしまう。

解説

前半の四句で隠者として生活していることを説明しています。隠者でも、山の中に棲む隠者と、人里に棲む隠者がいます。陶淵明のころ、山に隠れて棲む隠者は「小隠」といい、人里に棲む隠者は「大隠」といって、大隠のほうが「格」が上でした。陶淵明は「大隠」です。どうしてそんなことができるかというと、心が俗世から遠ざかっているので棲む所が人里でも辺鄙な所になる、心の持ちようだといいます。人里に棲む隠者は、ともすると誘惑にまけて俗人になってしまう確率が高いのです。

では陶淵明はどのような生活をしていたのでしょうか。それは「菊を采る東籬の下、悠然として南山を見る」に集約されます。菊を折りたいときに折り取り、そのまま悠然とそびえる山を眺めます。ただそれだけのことなのです。自分が持って生まれた個性のままに、

悠然と生きるのです。陶淵明が腰を伸ばして見る山は、夕暮れともなると霞がたなびいてことのほか美しく、鳥たちが連れだってねぐらへと帰っていきます。鳥たちも自然のままに生きています。陶淵明は心も身体も自然と一つになって、美しい風景に心身を委ねています。こうした生き方が人として生きる真の意義なのです。すべてを自然に委ねていますから、真意を説明する言葉などは不要です。真意を説明することこそが、最も俗なことなのです。李白《りはく》の「山中問答」はこの陶淵明の詩に影響を受けています（40ページ）。

寒《かん》に耐《た》えて唯《た》だ有《あ》り　東《とう》籬《り》の菊《きく》
金《きん》粟《ぞく》花《はな》開《ひら》きて暁《あかつき》更《さら》に清《きよ》し

金粟の花（菊の花）は、
寒さに耐えて
東の籬《まがき》でいっそう
清らかに咲いている。
晩秋に独り鮮やかに
気高く咲く菊の花。

菊花

白楽天《はくらくてん》

一夜新霜著瓦軽
芭蕉新折敗荷傾
耐寒唯有東籬菊
金粟花開暁更清

菊《き》花《か》

一《いち》夜《や》新《しん》霜《そう》瓦《かわら》に著《つ》きて軽《かろ》し
芭《ば》蕉《しょう》新《あら》たに折《お》れて敗《はい》荷《か》傾《かたむ》く
寒《かん》に耐《た》えて唯《た》だ有《あ》り　東《とう》籬《り》の菊《きく》
金《きん》粟《ぞく》花《はな》開《ひら》きて暁《あかつき》更《さら》に清《きよ》し

解説

結句の「金粟の花」は菊の花をいいます。「金粟」ということによって、黄金色に輝く可憐な花がイメージできます。前半は色彩がありませんので、結句の「金粟」が朝陽にひときわ美しく映えます。「東籬の菊」は、陶淵明《とうえんめい》の「菊を采る東籬の下、悠然として南山を見る」（248ページ）を意識しています。白楽天《はくらくてん》は、晩秋に独り気高く咲く菊が好きでした。

「金粟」は桂《モクセイ》の花をいうこともあります。

訳

一夜明けると初霜が瓦にうっすらとついている。芭蕉は新たに折れて、敗れた荷《はす》の葉も傾いている。寒さに耐えているのは、ただ東の籬《まがき》の菊だけ。金粟の花はこの朝、いっそう清らかに咲いている。

第四章

冬

旧暦では、十月から十二月が冬です。二十四節気では、立冬、小雪、大雪、冬至、小寒、大寒に分けられます。雪が舞い、寒さが厳しくなる時節です。

「北風」は「朔風」ともいい、五行説では「黒」が配色されますので、「黒風・玄風」ともいいます。冬至のあとの小寒、大寒が一年で最も寒くなり、大寒を経れば、やがて春がやってきます。

明治の初めまで、詩といえば漢詩を指しました。夏目漱石は漢詩をたくさん作っていますが、修善寺大患後の『思い出す事など』五に、漢詩について次のようにいっています。

詩の趣は王朝以後の伝習で久しく日本化されて今日に至ったものだから、吾々ぐらいの年輩の日本人の頭からは、容易にこれを奪い去る事ができない。……風流を盛るべき器が、無作法な十七字と、佶屈な漢字以外に日本で発明されたらいざ知らず、さもなければ、余はかゝる時、かゝる場合に臨んで、いつでもその無作法とその佶屈とを忍んで、風流を這裏に楽しんで悔いざるものである。そうして日本に他の恰好な詩形のないのを憾みとは決して思わないものである。

親友の正岡子規も、幼いころから作詩を学んでいました。

老《ろう》愁《しゅう》は葉《は》の如《ごと》く
掃《はら》えども尽《つ》き難《がた》し
蔌《そく》蔌《そく》声《せい》中《ちゅう》　又《また》秋《あき》を送《おく》る

秋尽

館《たち》柳湾《りゅうわん》

静裏空驚歳月流
閑庭独坐思悠悠
老愁如葉掃難尽
蔌蔌声中又送秋

秋《あき》尽《つ》く

静《せい》裏《り》空《むな》しく驚《おどろ》く歳《さい》月《げつ》の流《なが》るるに
閑《かん》庭《てい》に独《どく》坐《ざ》して思《おも》い悠《ゆう》悠《ゆう》たり
老《ろう》愁《しゅう》は葉《は》の如《ごと》く掃《はら》えども尽《つ》き難《がた》し
蔌《そく》蔌《そく》声《せい》中《ちゅう》　又《また》秋《あき》を送《おく》る

老いの悲しみは、
落ち葉のように
掃いても掃いても
尽きることがない。
ハラハラと散る音の
中で今年も秋を送る。
尽きることのない
老いの悲しみと
落ち葉とを重ねて
詠います。

解説

歳月はおのずから流れ去っていきます。そのことにハッと気づき、ひっそりした庭に座り感慨にひたります。老いの悲しみがひたひたと迫り、悲しみを払おうとしても払えません。それは木の葉が次から次へと落ちて、掃いても掃いても掃ききれないように。人生の秋と季節の秋をかさね、木の葉が蔌蔌《そくそく》と散る音が、悲しみを際立たせます。

訳

静かな暮らしのなかで、ふと歳月の流れに驚き、ひっそりした庭に独り座っていると感慨が湧き起こってくる。老いの悲しみは、落ち葉のように掃いても掃いても尽きることがない。ハラハラと散る音の中で今年も秋を送る。

何《なん》ぞ耐《た》えん
愁《しゅう》吟《ぎん》独《どっ》居《きょ》を賦《ふ》するに

一人住まいの
侘しさを詩に
詠うのは耐えがたい。

小春郊行

山《やま》田《だ》方《ほう》谷《こく》

横門衰柳影蕭疎
何耐愁吟賦独居
欲看西郊楓葉好
霜晴趁暖出門閭

小《しょう》春《しゅん》郊《こう》行《こう》

横《おう》門《もん》の衰《すい》柳《りゅう》　影《かげ》蕭《しょう》疎《そ》
何《なん》ぞ耐《た》えん　愁《しゅう》吟《ぎん》独《どっ》居《きょ》を賦《ふ》するに
看《み》んと欲《ほっ》す　西《せい》郊《こう》楓《ふう》葉《よう》の好《よ》きを
霜《しも》晴《は》れて暖《だん》を趁《お》って門《もん》閭《りょ》を出《い》づ

木の葉が落ちて
冬になると、
一人暮らしの
寂しさがつのります。

解説

「小春」は「小春日和《こはるびより》」のこと。陰暦十月、季節は初冬なのに春のように晴れて暖かい日をいいます。「横門」は家の横にある門の意で、木戸のようなものをいいます。「衰柳」は秋になって勢いの衰えた柳。葉もまばらで枯れています。一人住まいでただでさえ寂しいのに、これ以上を寂しい詩は作るのに耐えられない、そこで小春日和に乗じて紅葉狩りをしようと出かけます。前半の色彩のない侘しい風景に対して、後半は青空に映える紅葉。杜牧《とぼく》の「山行」（239ページ）と似た構成です。

山田方谷《やまだほうこく》は備中松山（岡山県）の人で、江戸に出て佐藤一斎《さとういっさい》に学び、のち松山藩の教育や行政に尽力しました。その門下から出た三島《みしま》中洲《ちゅうしゅう》は、夏目漱石が学んだ二松学舎（現在の二松学舎大学）を創設しました。

訳

我が家の木戸の柳は衰えて葉もまばら。一人住まいの侘しさを詩に詠うのは耐えがたい。西の郊外の美しい紅葉を見に行こう。霜が晴れて暖かなうちに里の門を歩み出る。

一片《いっぺん》の氷心《ひょうしん》玉壺《ぎょくこ》に在《あ》り

芙蓉楼送辛漸

王昌齢《おうしょうれい》

寒雨連江夜入呉
平明送客楚山孤
洛陽親友如相問
一片氷心在玉壺

芙蓉楼《ふようろう》にて辛漸《しんぜん》を送《おく》る

寒雨《かんう》江《こう》に連《つら》なって夜《よる》呉《ご》に入《い》る
平明《へいめい》客《かく》を送《おく》れば楚山《そざん》孤《こ》なり
洛陽《らくよう》の親友《しんゆう》如《も》し相《あ》い問《と》わば
一片《いっぺん》の氷心《ひょうしん》玉壺《ぎょくこ》に在《あ》り

一かけらの氷が
白玉《はくぎょく》の壺のなかに
あるような
澄みきった
清らかな心。

解説

友人の辛漸《しんぜん》が出発するのを芙蓉楼で見送った詩です。辛漸については詳しくはわかりません。芙蓉楼は唐代の潤州（現在の江蘇省鎮江市）の西北隅にあった高楼です。一名を千秋楼といい、西南隅の万歳楼と対峙していました。眼下に長江を望み、対岸には瓜洲渡があり、大運河が北上しています。

起句の「寒雨」は冷たい雨。作者の寒々とした滅入る気持ちを表しています。「江に連なる」は雨脚《あまあし》が大江に降り注いでいること。「江」は滔々と東に流れる長江です。川は、孔子の「川上《せんじょう》の嘆《たん》」（『論語』子罕《しかん》篇）以来、流転する世の象徴であり、人生の流転の一つである別離の象徴でもあります。

承句では、早朝に辛漸を見送ったことをいいます。「平明」は薄明から日の出までの、天地が蘇生する最も清らかな時間帯です。昨夜来の雨が上がり、すがすがしい朝、次第に明るくなって山川がそ

訳

冷たい雨が長江の水面《みなも》にふりそそぎ、ここ呉の地は夜になってすっかり雨につつまれた。明け方、辛漸を見送ると、楚の山がひとつポツンと聳えている。もし洛陽の親友が私の消息をたずねたなら、一かけらの氷が白玉《はくぎょく》の壺のなかにあるような澄みきった清らかな心境にある、と答えてくれたまえ。

の形をあらわすと、そのなかでひときわ目を引いて山が一つポツンと聳えています。「楚山孤なり」です。

「楚」は対岸の地を指しますが、ひときわ秀でている、という意味もあります。雨に洗われた清浄孤独な姿が初陽の光に照らし出されることによって、辛漸が旅だったあとに「孤《ひと》り」取り残される自分自身の孤独が詠われます。起句では去りゆく人の象徴として「大江」が詠われ、承句では別離ののちの孤独を「孤」一字に凝縮させているのです。

前半の清浄さと孤独をさらに清らかに詠うために、転句は、辛漸に、もし洛陽にいる私の親友が私の消息をたずねたなら、次のように答えてくれ、といって、結句を導き出します。「一片の氷心玉壺《ひょうしんぎょくこ》に在り」と。この句は、六朝《りくちょう》の詩人鮑照《ほうしょう》の詩句「清らかなること玉壺の氷の如し」を踏まえていますが、意趣はそれを超えています。

王昌齢《おうしょうれい》は七言絶句の名手で、「詩家の夫子《ふうし》（詩人の大先生）王江寧《おうこうねい》」と称せられます。「江寧」は現在の江蘇省南京市。ここに役人として赴任したことから「王江寧」と呼ばれました。辺塞詩や閨怨詩、また別離の詩に名作を多く残しています。

冬

一《いち》年《ねん》の好《こう》景《けい》君《きみ》須《すべか》らく記《しる》すべし
最《もっと》も是《こ》れ橙《とう》は黄《き》に
橘《きつ》は緑《みどり》なる時《とき》

一年のうちの
好い景色を、
あなたにはぜひ
覚えておいてほしい。
何よりも、
ユズの実が黄色く、
ミカンが緑色の
この時を。
美しい初冬の
景色です。

贈劉景文

蘇《そ》軾《しょく》

荷尽已無擎雨蓋
菊残猶有傲霜枝
一年好景君須記
最是橙黄橘緑時

劉《りゅう》景《けい》文《ぶん》に贈《おく》る

荷《はす》は尽《つ》きて已《すで》に雨《あめ》に擎《ささ》ぐるの蓋《かさ》無《な》く
菊《きく》は残《すた》れて猶《な》お霜《しも》に傲《おご》るの枝《えだ》有《あ》り
一年《いちねん》の好景《こうけい》君《きみ》須《すべか》らく記《しる》すべし
最《もっと》も是《こ》れ橙《とう》は黄《き》に橘《きつ》は緑《みどり》なる時《とき》

解説

前半の二句は、晩秋から初冬にかけての季節感を、ハスと菊を対《つい》にして描きます。素材は平凡ですが、「無」「擎《けい》」と「有」「傲《ごう》」を用いて、非凡です。「擎」は、高くさしあげること。そそりたつ感

じです。目の前のハスにはすでに雨が降っても傘《かさ》のように「擎《ささ》げる」葉はないのですが、「無い」ということによって、逆に、夏の盛りのハスの生命力が強烈に感じとれます。だからこそ、それがなくなった「今」の無惨な姿が強調されます。「傲」は、ここでは霜にも負けないということですが、「傲《おご》る」「有り」といい切ったところに、寒さに傲然《ごうぜん》と立ち向かう生命力の強さを感じます。そして、それでも衰残《すいざん》している、と強調するのです。

後半は、前の二句を承《う》けながら、すべてが衰残する時節の中にあって、「橙《とう》」と「橘《きつ》」が盛りを迎えようとする、一年で最もすばらしい季節である、といいます。「橙」はユズ、「橘」はミカンの類です。蘇軾のこの詩から、晩秋から初冬にかけての小春の時節を「橙《とう》黄橘緑《こうきつりょく》の時」というようになりました。この詩は、前半の二句が対句の「前対格《ぜんついかく》」の詩です。

訳

ハスの葉は枯れ、雨をささえぎる傘のようなすがたはもうない。菊の花は衰えてしまったが、それでも霜にも負けない一枝がある。一年のうちの好い景色を、あなたにはぜひ覚えておいてほしい。何よりも、ユズの実が黄色く、ミカンが緑色のこの時を。

愁《うれ》うる莫《な》かれ
前《ぜん》路《ろ》に知《ち》己《き》無《な》きを
天《てん》下《か》誰《た》れ人《ひと》か君《きみ》を識《し》らざらん

別董大
高《こう》適《せき》

十里黄雲白日曛
北風吹雁雪紛紛
莫愁前路無知己
天下誰人不識君

董《とう》大《だい》に別《わか》る

十《じゅう》里《り》の黄《こう》雲《うん》白《はく》日《じつ》曛《くら》し
北《ほく》風《ふう》雁《かり》を吹《ふ》いて雪《ゆき》紛《ふん》紛《ぷん》
愁《うれ》うる莫《な》かれ前《ぜん》路《ろ》に知《ち》己《き》無《な》きを
天《てん》下《か》誰《た》れ人《ひと》か君《きみ》を識《し》らざらん

旅先に知己がいないなどと心配することはない。天下のいたるところ君を知らない者はいないのだから。

遠くへ旅立つ友の不安を払い、激励する句。

冬

訳

十里四方に黄色い雲がたれこめ、太陽の光はうすぐらい。北風が南に飛ぶ雁を吹き送り、雪が降りしきる。旅先に知己《ちき》がいないなどと心配することはない。天下のいたるところ君を知らない者はいないのだから。

解説

「黄雲」は「黄色い雲」。めでたい「瑞雲」とか、塵埃などのため

に黄色く見える雲、などをいいます。ここは後者です。友人の董大が向かうのは国境地帯なので、「黄雲」「白日曛」「北風」「雪紛紛」と、荒涼として薄暗い様子を描きます。「十里」はテキストによって「千里」になっているものもあります。唐代の一里は五五九・八メートルですから十里四方は約五・六キロメートル四方になります。といっても、この詩では実数をいうのではありません。広いことを表します。黄雲に視野が遮られたら、暗く、重苦しい感じになります。もし千里四方なら途方もない寂寞感が強まります。また不安でたまりません。

後半は、その不安を払拭して励まします。君のことを知らない人はいない、と。しかし、どうでしょうか。慰められ励まされるほど、不安と孤独が印象づけられます。そして作者の友人に対する深い情が見えてきます。

一《いっ》行《こう》の書《しょ》信《しん》　千《せん》行《こう》の涙《なみだ》

一行の短い
手紙さえこない、
そのため流す
千《ち》すじの涙。
夫を思う切ない涙。

寄夫

陳《ちん》玉蘭《ぎょくらん》

夫戍辺関妾在呉
西風吹妾妾憂夫
一行書信千行涙
寒到君辺衣到無

夫《ふ》に寄《よ》す

夫《ふ》は辺関《へんかん》を戍《まも》り妾《しょう》は呉《ご》に在《あ》り
西風《せいふう》　妾《しょう》を吹《ふ》き　妾《しょう》　夫《ふ》を憂《うれ》う
一行《いっこう》の書信《しょしん》　千行《せんこう》の涙《なみだ》
寒《かん》は君《きみ》の辺《へん》に到《いた》る　衣《い》到《いた》るや無《いな》や

解説

李白《りはく》の「子夜呉歌」其の三「秋」（228ページ）では、辺境地帯に行っている夫に冬着を送るため砧《きぬた》を打ちながら、いつ戦《いくさ》を止めて帰ってくるのだろうと案じていました。この詩は、夫に着物を送っても何も言ってこないので心配しています。

「夫」が二回、「妾」が三回使われ、「一行の書信」「千行の涙」と句中対になっています。結句は、寒さは「到」っているだろうが、着物は「到」って「無い」のではないか、と表現の工夫がみられます。近体詩の規則にしばられない自由な素朴なうたいぶりで、遠く離れて暮らす妻の思いが読者の胸にスッと入ってきます。

陳玉蘭《ちんぎょくらん》は呉の人で、王駕《おうが》の妻といわれていますが、詳細はわかりません。

訳

夫は国境の塞《とりで》を守り、わたしは呉におります。秋風がわたしに吹きつけると、わたしはあなたのことが心配でたまりません。一行の短い手紙さえこない、そのために流す千すじの涙。あなたのいるあたりではもう寒さがつのっていることでしょう、お送りした冬の着物は届いていますか。

知《し》らず
何《いず》れの処《ところ》にか芦《ろ》管《かん》を吹《ふ》く
一《いち》夜《や》征《せい》人《じん》尽《ことごと》く郷《きょう》を望《のぞ》む

どこからともなく
笛の音が
聞こえてくる。
今夜この笛の音を
聞いて、
兵士たちはみな
故郷の空を眺めやる。

冷気の張りつめた
戦場、懐郷の思いに
兵士たちは
故郷を眺めます。

夜上受降城聞笛

李益《りえき》

回楽峰前沙似雪
受降城外月如霜
不知何処吹芦管
一夜征人尽望郷

夜《よる》受降城《じゅこうじょう》に上《のぼ》りて笛《ふえ》を聞《き》く
回楽峰前《かいらくほうぜん》　沙《すな》　雪《ゆき》に似《に》たり
受降城外《じゅこうじょうがい》　月《つき》　霜《しも》の如《ごと》し
知《し》らず何《いず》れの処《ところ》にか芦管《ろかん》を吹《ふ》く
一夜《いちや》征人《せいじん》尽《ことごと》く郷《きょう》を望《のぞ》む

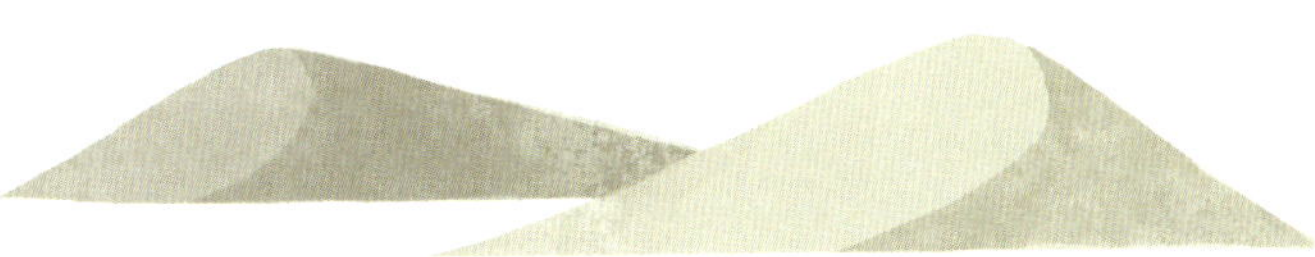

解説

「回楽峰」は大同の西五百里にあった、といわれます。はっきりとはわかりません。「回楽峰」を「回楽烽」に作るテキストもあります。「回楽烽」なら、李益の「暮れに回楽烽を過《す》ぐ」に「烽火高く飛ぶ百尺の楼」とありますので、戦況を知らせる烽火台（のろし台）です。火を扱う烽火台、その前に広がる雪のように白い砂、ということになると、取り合わせの妙がまた一つ加わります。

詩の前半の二句は「沙＝雪」「月＝霜」と、清浄なものを対比して対句を構成しています。ピンと張りつめた冷たい空気のなかの、清らかで美しい光景が目に浮かびます。「回楽峰」「受降城」という固有名詞も、望郷をかきたてる「道具」として働きます。敵を降参させ（受降とは降伏者を受け入れること）、楽しみが戻る（回楽とは楽しみを回らすこと）、という名の通りに早く戦争を終えて故郷に帰りたい、と。

砂漠は戦場です。砂も月も真っ白で、それを「雪」「霜」にたと

訳

回楽峰の前の砂漠は白く光ってまるで雪が積もっているかのよう。受降城の向こうには月の光がふりそそいでまるで霜が降りているかのようだ。どこからともなく笛の音が聞こえてくる。見渡す限りの静けさのなか、今秋、笛の音をじっと聞いて、兵士たちはみな故郷の空を眺めやる。

えて視覚に訴え、また冷たさを肌身に感じさせるようにして（触覚）、風景全体を立体的に描きます。冷たい空気がピンと張りつめている殺伐とした戦場です。白くて寒々としている風景には、人の心の寂しさや悲しさが重ねられます。

後半は聴覚に訴えます。「芦管」は芦の茎で作った芦笛《あしぶえ》です。また一説に胡笳《こか》ともいいます。悲しい音色で、望郷をいざないます。王昌齢《おうしょうれい》や李白《りはく》の詩にも劣らない、中唐期の七言絶句の傑作です。

軽騎《けいき》を将《ひき》いて
逐《お》わんと欲《ほっ》すれば
大雪《たいせつ》　弓刀《きゅうとう》に満《み》つ

塞下曲
盧《ろ》綸《りん》

月黒雁飛高
単于遠遁逃
欲将軽騎逐
大雪満弓刀

塞下曲《さいかきょく》

月黒《つきくろ》くして雁《かり》の飛《と》ぶこと高《たか》し
単于《ぜんう》遠《とお》く遁逃《とんとう》す
軽騎《けいき》を将《ひき》いて逐《お》わんと欲《ほっ》すれば
大雪《たいせつ》　弓刀《きゅうとう》に満《み》つ

軽騎兵を率いて
追おうとすると、
大つぶの雪が
弓や刀に降り積もる。
弓や刀に積もる
雪を描写して、
勇み立つ兵士たちが
力を込めて
握りしめている
様子が
伝わってきます。

冬

解説

起句で、雁が高く飛ぶということによって、読者の視線は遠くへと誘われます。承句の描写によって、騎馬兵たちが暗闇の彼方をキッと見据えている様子も想像できます。「月黒し」は奇抜な表現です。普通なら、夜が暗い、とか、月が無い、というでしょう。匈奴《きょうど》（単《ぜん》于《う》）は月のない夜は戦意を失って戦わないといいますから、ここでは月がない夜ということになります。結句で雪の描写があるので、雪雲が空一面を覆っていたということでもよいでしょう。雁は飛びながら鳴くので、真っ暗で姿は見えなくても遠くへ飛んでいくことがわかります。理にかなった情景描写です。

後半は、逃げてゆく匈奴を一気に攻めようと軽騎兵をひいて後を追おうとします。すると大つぶの雪が降ってきて弓や刀に降り積もります。「黒・夜」に対して「雪」の「白」を対照させる妙、「高・大・満」や「軽」という文字の取り合わせが、風景を立体的に描き

訳

月のない夜、雁が高く飛ぶ。匈奴の首長単《ぜん》于《う》は遠くへ逃《のが》れていった。軽騎兵を率いて追おうとすると、大つぶの雪が弓や刀に降り積もる。

ます。勇み立つ兵士たちの暗闇の遠くを見据える眼差しや、雪が降り積もる弓や刀を力を込めて握りしめているようすも伝わってきます。

冬

梅《ばい》花《か》何《いず》れの処《ところ》よりか落《お》つ
風《かぜ》吹《ふ》いて 一《いち》夜《や》 関《かん》山《ざん》に満《み》つ

塞上聞吹笛
高適《こうせき》

雪浄胡天牧馬還
月明羌笛戍楼間
借問梅花何処落
風吹一夜満関山

塞《さい》上《じょう》にて吹《すい》笛《てき》を聞《き》く

雪《ゆき》浄《きよ》く 胡《こ》天《てん》 馬《うま》を牧《ぼく》して還《かえ》る
月《つき》明《あき》らかに 羌《きょう》笛《てき》 戍《じゅ》楼《ろう》の間《かん》
借《しゃ》問《もん》す 梅《ばい》花《か》何《いず》れの処《ところ》よりか落《お》つ
風《かぜ》吹《ふ》いて 一《いち》夜《や》 関《かん》山《ざん》に満《み》つ

梅花はこの地では咲かないのに、花びらはいったいどこから散ってくるのだろう。

雪を梅の花びらに喩え、笛の曲の「梅花落」に掛けて、風に乗って曲が伝わり、花びら（雪）が満ちたといいます。

解説

殺気立つ戦場に身を置く兵士たちは、典雅な笛の調べを聞くと、深く心にしみ、懐かしい故郷へと思いを馳せます。笛の曲といえば「折楊柳」(75ページ)の別れの曲です。王之渙《おうしかん》の「涼州詞」にも「羌《きょう》笛《てき》何《なん》ぞ須《もち》いん楊《よう》柳《りゅう》を怨《うら》むを」とあります。

この詩の転句の「借問す梅花何れの処よりか落つ」が意表をつく表現で、笛が奏でていたのは「梅《ばい》花《か》落《らく》」という曲だったことがわかります。雪を梅の花びらに喩え、笛の曲の「梅花落」に掛けて、風に乗って曲が伝わり、花びら(雪)が満ちたといいます。

高適《こうせき》(?~七六五)は安禄山の乱(七五五)が起こると哥《か》舒《じょ》翰《かん》を助けて潼関を守り、その功績によって侍御史から諫議大夫にまで出世しました。実際に軍隊生活をしましたので、緊張感あふれる、激しい情感が歌われます。「燕《えん》歌《か》行《こう》」「薊《けい》門《もん》」などがあります。

訳

雪が清らかに降り積もる北の異国の地に、放牧した馬を追って帰ってくると、月が明るく照り、物見やぐらのあたりから羌の笛の音《ね》が響きわたってくる。この辺境の地に梅の花は咲かないのに、いったいどこから散ってくるのだろう。梅の花びらは、風が吹いて一晩のうちに関所や山々に満ちるのだ。

晩《ばん》来《らい》天《てん》雪《ゆき》ふらんと欲《ほっ》す
能《よ》く一《いっ》杯《ぱい》を飲《の》むや無《いな》や

問劉十九

白楽天《はくらくてん》

緑蟻新醅酒
紅泥小火爐
晩来天欲雪
能飲一杯無

劉十九《りゅうじゅうきゅう》に問《と》う

緑蟻《りょくぎ》新醅《しんばい》の酒《さけ》
紅泥《こうでい》小火《しょうか》の爐《ろ》
晩《ばん》来《らい》天《てん》雪《ゆき》ふらんと欲《ほっ》す
能《よ》く一《いっ》杯《ぱい》を飲《の》むや無《いな》や

今晩は雪が
チラつきそうな気配。
どうだ、
一杯飲まないか。
寒い夜に温かくて
美味しい酒を
友と酌み交わす喜び。

訳

醸されたばかりの緑色の酒、小さな囲炉裏に紅い炭をおこして酒を温める。今晩は雪がチラつきそうな気配。どうだ、一杯飲まないか。

解説

「緑蟻」は美酒の異称。「蟻」は「蟻」と同じで、酒の表面に浮かぶ滓《かす》をいいます。美味しい酒は緑色です。「新醅」は新たに醸したもろみ酒。今晩は寒くて雪が降りそうなので、一杯やらないかと、今日もよく見る光景です。短い詩ですが、前半は対句で、「緑」と「紅」の色を対にし、「新」と「小」、「醅酒」と「火爐」を対にしています。温かくて美味しい酒が目の前にあるような気分になります。一杯どう、と誘われたら断れません。

冬

山《さん》橋《きょう》一《いっ》蓑《さ》冷《ひや》やかなり

密雪望行人
謝《しゃ》芳《ほう》連《れん》

人行犬寒吠
密雪迷村影
欲叩酒家扉
山橋一蓑冷

密《みっ》雪《せつ》に行《こう》人《じん》を望《のぞ》む

人《ひと》行《ゆ》きて犬《いぬ》寒《かん》吠《ばい》す
密《みっ》雪《せつ》　村《そん》影《えい》迷《まよ》う
酒《しゅ》家《か》の扉《とびら》を叩《たた》かんと欲《ほっ》す
山《さん》橋《きょう》一《いっ》蓑《さ》冷《ひや》やかなり

蓑《みの》をつけた人が一人
寒そうに山べの橋を
渡っている。

雪が降るなか一人
寒そうに橋を渡る
旅人を描いた句。

解説

詩題の「行人」は旅人です。雪が盛んに降るなか、旅人を望み見たという詩です。前半、雪が盛んに降っていて、人が通ると怪しんで犬が寒そうに吠えます。村はまだまだ先。しかしこの雪では村がどこにあるかわかりません。犬の吠える声が聞こえるだけであたりはシーンとしています。後半は、犬に吠えられた人が独り蓑をつけて寒そうに山べの橋を渡っていきます。それを望み見て、きっと酒屋の戸を叩いて熱燗でも飲もうと思っているに違いない、と結びます。しんしんと雪が降り、かろうじて行人の姿が見える銀世界。

訳

人が通ると犬が寒そうに吠える。細かく盛んに降る雪に、村は見えず道に迷う。こんな日には酒家の戸を叩こうとしているに違いない、蓑をつけた人が一人寒そうに山べの橋を渡っている。

夜《よる》深《ふか》くして雪《ゆき》の重《おも》きを知《し》る
時《とき》に聞《き》く 折《せっ》竹《ちく》の声《こえ》

夜雪

白楽天《はくらくてん》

已訝衾枕冷
復見窓戸明
夜深知雪重
時聞折竹声

夜雪《やせつ》

已《すで》に訝《いぶか》る 衾《きん》枕《ちん》の冷《ひや》やかなるを
復《ま》た見《み》る 窓《そう》戸《こ》の明《あき》らかなるを
夜《よる》深《ふか》くして雪《ゆき》の重《おも》きを知《し》る
時《とき》に聞《き》く 折《せっ》竹《ちく》の声《こえ》

真夜中、
雪がたくさん
降り積もって
重くなっている
ことがわかる。
時おり竹が折れる
音が聞こえる。

降り積もった雪の
重みで竹が折れます。

解説

前半は、夜具が冷たくて目が覚めた、なぜだろうと訝ります。窓をみると明るい、でも月ではない。「衾枕」は掛布団と枕。「冷」と「明」が「雪」をいう伏線になっています。後半は、不思議に思ったことの答え。庭から時おり竹が折れる音がする。そうか雪が降り積もったのだな、と。

訳

夜具がいやに冷たいので、どうしたのかと不思議に思い、ふと見ると、窓や戸が明るくなっている。真夜中、雪がたくさん降り積もって重くなっているのがわかる。時おり、雪の重みで竹が折れる音が聞こえる。

窓《まど》を隔《へだ》てて撩《りょう》乱《らん》として
春《しゅん》虫《ちゅう》撲《う》つ

雪詩　其一

蘇《そ》軾《しょく》

石泉凍合竹無風
氣色沈沈万境空
試向静中間側耳
隔窓撩乱撲春虫

雪《ゆき》の詩《し》　その一

石《せき》泉《せん》凍《とう》合《ごう》して竹《たけ》に風《かぜ》無《な》く
気《き》色《しょく》沈《ちん》沈《ちん》として万《ばん》境《きょう》空《むな》し
試《こころ》みに静《せい》中《ちゅう》に向《おい》て間《しずか》に耳《みみ》を側《そばだ》つれば
窓《まど》を隔《へだ》てて撩《りょう》乱《らん》として春《しゅん》虫《ちゅう》撲《う》つ

窓に春の虫が
入り乱れて
当たる音がする。

雪が窓を打つ
微かな音を、
春の虫が窓を打つ
音に喩えた句。

解説

前半二句は、しんしんと雪が降っている様子。後半二句は、窓に雪が当たる様子。雪を「春虫」と表現したところが巧みで、機知に富んでいます。前半二句の静寂が、後半のかすかな雪の音を聴く伏線となっています。巧みな構成です。雪国育ちの人なら、雪がしんしんと降る静けさのなか、雪のかすかに窓を打つ音を聞いた経験があると思います。詩的効果を狙ったというだけではなく、実相を捉えてそれを的確に表現しています。

訳

岩の間からほとばしり出る泉も凍り、竹林にはまったく風がない。あたりはしんしんと静まり、この世界には何もないかのようだ。この静寂のなかで、じっと耳をすましていると、窓に春の虫が入り乱れて当たる音がする。

蚕《かいこ》の葉《は》に上《のぼ》り
蟹《かに》の沙《すな》に扒《は》う

雪

唐寅《とういん》

竹間凍雨密如麻
静聴囲炉夜煮茶
嘈雑錯疑蚕上葉
寒潮落尽蟹扒沙

雪《ゆき》

竹《ちく》間《かん》の凍《とう》雨《う》　密《みつ》なること麻《あさ》の如《ごと》し
静《しず》かに聴《き》いて炉《ろ》を囲《かこ》み　夜《よる》茶《ちゃ》を煮《に》る
嘈《そう》雑《ざつ》錯《あやま》って疑《うたが》う　蚕《かいこ》の葉《は》に上《のぼ》り
寒《かん》潮《ちょう》落《お》ち尽《つく》して蟹《かに》の沙《すな》に扒《は》うかと

蚕《かいこ》が桑の葉に上り、
蟹が沙の上をはう。
雪が竹の葉に
降りこむ音を
蚕や蟹の立てる音に
喩えた句。

解説

冷たい雨が夜になって雪に変ったことを、音だけで表しています。前半は「凍雨」が竹の間に細かく降りこんでいる夜、茶を煮ながら静かに雨の音を聴いています。「きく」を「聞」にしないで「聴」としているのは、外の音に耳を傾けているからです。「聞」は「きこえてくる」の意ですから漢字の使い方ひとつで意趣が違ってきます。その静寂のなかで次第に「嘈雑」とした音が外から聞こえてきます。蚕が桑の葉に上るような、蟹が砂をはうような音です。最初は何の音か分からなかったのですが、雨が雪になって竹の葉に当たる音だ、と気づいたのです。「錯って疑う」は、間違って〜と思う、の意。雪の降る音を蘇軾は「春虫」に喩えましたが（288ページ）、ここでは蚕が葉に上る音、蟹が砂にはう音に喩えて機知に富みます。詩中、一言も「雪」とはいっていません。

訳

竹の間に降る氷雨は麻のように細やか。静かに雨の音を聴きながら、夜、炉を囲んで茶を煮る。やがて騒がしい音がして、蚕《かいこ》が桑の葉に上っているのではないのか、冬の潮がすっかりひいたあと、蟹が沙の上をはっているのではないかと思った。

漁《ぎょ》翁《おう》酔《すい》著《ちゃく》して人《ひと》の喚《よ》ぶ無《な》し
午《ひる》を過《す》ぎて醒《さ》め来《き》たれば
雪《ゆき》船《ふね》に満《み》つ

酔いつぶれても、
起こす者はいない。
昼過ぎに目覚めると、
船には雪がいっぱい
積もっていた。

寝ている間に
あたりは銀世界。

酔著

韓《かん》偓《あく》

万里清江万里天
一村桑柘一村煙
漁翁酔著無人喚
過午醒来雪満船

酔《すい》著《ちゃく》

万《ばん》里《り》の清《せい》江《こう》　万《ばん》里《り》の天《てん》
一《いっ》村《そん》の桑《そう》柘《しゃ》　一《いっ》村《そん》の煙《けむり》
漁《ぎょ》翁《おう》酔《すい》著《ちゃく》して人《ひと》の喚《よ》ぶ無《な》し
午《ひる》を過《す》ぎて醒《さ》め来《き》たれば雪《ゆき》船《ふね》に満《み》つ

解説

結句の「午を過ぎて醒め来たれば雪船に満つ」はすっかり酔ったことをいいます。酔ったときの誇張表現には、例えば八人の大酒飲みを詠う杜甫《とほ》の「飲中八仙歌《いんちゅうはっせんか》」では「眼花井《がんかい》に落《お》ちて水底《すいてい》に眠《ねむ》る」、目がちらちらして、井戸におちても気がつかず、そのまま水底で眠ってしまう、とあります。杜甫の句は実際にはあり得ないことですが、この詩は実際にあっても不思議ではありません。

漁師の仕事は重労働ですが、部外者が見ると、物欲を断ち浮世離れしているようなので、漢詩の世界では隠者として詠われます。漁師と舟というと、陶淵明の「桃花源の記」が思い浮びます。漁師が舟の道を失い両岸が桃の林になっているところに迷い込み、川の尽きるところまで行って舟をおり、山に登って洞窟をぬけて別世界に行きます。この詩では、漁師は舟に乗ったままですが、酔いつぶれ

訳

万里のかなたまで続く清らかな川、万里のどこまでも広がる天。こちらの村では桑や柘《まぐわ》が続き、あちらの村では人家の煙が見える。漁師のじいさんが酔いつぶれても、誰も起こす者はいない。昼過ぎに目覚めると、船には雪がいっぱい積もっていた。

て寝ている間に雪に振りこめられ、目覚めると銀世界にいます。別天地に行くということでは相通じます。

司《し》空《くう》曙《しょ》に、舟を繋がずに寝て舟が流され、朝、芦原のなかで目が覚めるという詩があります。浮き世離れした隠者を描く趣旨はおなじです。

孤《こ》舟《しゅう》蓑《さ》笠《りゅう》の翁《おきな》
独《ひと》り釣《つ》る寒《かん》江《こう》の雪《ゆき》

江雪

柳《りゅう》宗《そう》元《げん》

千山鳥飛絶
万径人蹤滅
孤舟蓑笠翁
独釣寒江雪

江《こう》雪《せつ》

千《せん》山《ざん》鳥《とり》飛《と》ぶこと絶《た》え
万《ばん》径《けい》人《じん》蹤《しょう》滅《めつ》す
孤《こ》舟《しゅう》蓑《さ》笠《りゅう》の翁《おきな》
独《ひと》り釣《つ》る寒《かん》江《こう》の雪《ゆき》

一そうの小舟を
浮かべて、蓑《みの》と笠《かさ》を
つけた老人が、
雪の降りしきる
寒々とした川で
釣り糸を垂れている。

過酷な環境に
あっても孤高を守り
凛として生きる
気概を示します。

冬

解説

動くものも音もなく、ただ雪だけがしんしんと降るなか、一そうの小舟に乗ってじっと釣り糸を垂れる老人が描かれています。元和二年（八〇七）柳宗元三十五歳、永州での作と推定されます。前半は対句です。押韻は「絶」「滅」「雪」と、「つまる」発音の漢字が使われています。原文を眺めていると、前半の句頭の「千万」、脚韻を踏んでいる「絶滅」、そして後半の句頭の「孤独」という熟語が浮かびあがってきます。前半は、「千万」のすべてのものが「絶滅」してしまった〈無〉の世界です。その中で小舟に乗った老人が「孤独」に耐えながら凛として釣り糸を垂れています。作者はなぜこのような寒々とした孤独な詩を詠ったのでしょうか。

柳宗元は、代宗の大暦八年（七七三）に生まれています。官吏登用試験の科挙に及第したのは、徳宗の貞元九年（七九三）二十一歳の時でした。大暦十四年（七七九）五月、代宗が崩御すると徳宗が即位し

訳

山という山には飛ぶ鳥の姿が絶え、道という道には人の足跡が消えてしまった。一そうの小舟を浮かべて、蓑と笠をつけた老人が、雪の降りしきる寒々とした川で独り釣り糸を垂れている。

ます。徳宗は佞臣をかたわらに侍らせ、民衆から過酷な税を取り立てました。宮中に必要な物資を買い上げる「宮市《きゅうし》」を宦官《かんがん》が代行するようになると、宦官は値段通りの金を支払わなかったり、民間から安く買い上げたものを高く売りさばいたりして私腹を肥やすようになりました。

こうした悪弊を改革しようと王伾《おうひ》・王叔文《おうしゅくぶん》らの若手官僚が、英邁《えいまい》のうわさの高い皇太子、のちの順宗のもとに集まります。二王は、名門の出身でもなく、科挙にも及第していませんでしたが、旧官僚派と新官僚派の間隙をぬって順宗の親任を得てゆきます。そして、ひそかに改革案を練り、改革のあかつきには誰がどのポストに就くかという構想まで建てました。

ところが、貞元二十年（八〇四）九月、皇太子は中風にかかり、口がきけなくなります。翌年の一月二十三日、徳宗が崩御。宮中では皇太子の長男、のちの憲宗を即位させようという動きもありましたが、皇太子がそのまま即位して順宗となります。年号も永貞と改められます。改革派は政権を握るとさっそく改革に取り組み、宮市を廃止したり宮女を開放したりします。

しかし、改革は、近衛師団の実権を握れなかったこともあり、守旧勢力の巻き返しにあって短期間で収束します。順宗は上皇に退き、憲宗が即位すると、王伾と王叔文は事実上の死罪、改革の中心にいた八人の官僚は政治犯が与えられる「司馬」の官となって遠地に左遷されました。これを「八司馬《はちしば》の貶《へん》」と呼び、一連の政変を「永貞《えいてい》の変」といいます。

柳宗元は、この八司馬の一人でした。科挙及第後、集賢殿書院正字《しっけんでんしょいんせいじ》、藍田尉《らんでんい》、監察御史裏行《かんさつぎょしりこう》を経て、貞元二十一年・永貞元年（八〇五）三十三歳、尚書礼部員外郎《しょうしょれいぶいんがいろう》となり、王叔文一党の一員として順宗のもとで政治改革に邁進しました。が、政権が変ると、永州司馬に貶《おと》されます。のち四十三歳正月、憲宗の詔によっていったん長安に戻りますが、三月には改めて柳州刺史に貶謫《へんたく》され、四十七歳のとき任地で亡くなります。

「江雪」には、理想の政治を目指しながらもあえなく挫折した深い絶望と悲しみ、そして孤独、それでも凛として生きようという作者の「おもい」が込められているのです。詩の孤寂枯淡《こじゃくこたん》の趣きは、後に「寒江独釣《かんこうどくちょう》」の画題のもと、多くの絵が描かれるようになります。

柳宗元と同年代の文人に、一つ年上の白居易《はくきょい》（字《あざな》楽天、七七二〜八四六）がいます。科挙の及第は貞元十六年（八〇〇）で、柳宗元より七年遅かったのですが、それが幸いして大きな政争に巻き込まれることはありませんでした。

十《じゅう》二《に》万《まん》年《ねん》此《こ》の楽《たの》しみ無《な》し

人類の歴史
十二万年の間に
このような
楽しみはない。

社会の礼儀や
道徳などを省みず、
酒を飲んで楽しむ
ことをいいます。

酔《すい》後《ご》口《こう》占《せん》

錦《きん》衣《い》玉《ぎょく》帯《たい》　雪《せっ》中《ちゅう》に眠《ねむ》る
酔《すい》後《ご》の詩《し》魂《こん》　天《てん》に上《のぼ》らんと欲《ほっ》す
十《じゅう》二《に》万《まん》年《ねん》此《こ》の楽《たの》しみ無《な》し
大《たい》呼《こ》す　前《ぜん》輩《ぱい》李《り》青《せい》蓮《れん》

酔後口占

張《ちょう》問《もん》陶《とう》

錦衣玉帯雪中眠
酔後詩魂欲上天
十二万年無此楽
大呼前輩李青蓮

解説

起句の「錦衣玉帯雪中に眠る」は誇張した表現で、この誇張が承句、転句に引き継がれます。「十二万年」は人類の歴史をいいます。結句の「李青蓮」は李白《りはく》のことです。李白は誇張表現を得意としていました。例えば「白髪三千丈」〈秋浦の歌〉「疑うらくは是れ銀河の九天より落つるかと」〈廬山の瀑布を望む〉と。友人と酒を飲んでは

滌蕩《じょうとう》す千古《せんこ》の愁《うれ》い
留連《りゅうれん》す百壺《ひゃっこ》の飲《いん》
良宵《りょうしょう》宜《よろ》しく清《きよ》らかに談《だん》ずべし
皓月《こうげつ》未《いま》だ寝《い》ぬる能《あた》わず
酔《よ》い来《き》たって空山《くうざん》に臥《が》せば
天地《てんち》は即《すなわ》ち衾枕《きんちん》

と詠っています〈友人と会宿す〉。つい李白の名を呼びたくなるのもわかります。

訳

錦《にしき》の衣《ころも》に玉《ぎょく》のかざりの帯のまま積もった雪の中に眠る。酔っているときのわたしの詩魂は天にも上る勢い。人類の歴史十二万年の間にこのような楽しみはなかった。この楽しみを実践した先輩の李白の名を思わず大声で呼んでみた。

門前《もんぜん》　雪《ゆき》満《み》ちて行《こう》迹《せき》無《な》し

草堂村尋人不遇
岑参《しんじん》

数株垂柳欲依依
深巷斜陽暮鳥飛
門前雪満無行迹
応是先生出未帰

草《そう》堂《どう》村《そん》に人《ひと》を尋《たず》ねて遇《あ》わず

数《すう》株《しゅ》の垂《すい》柳《りゅう》　依《い》依《い》たらんと欲《ほっ》す
深《しん》巷《こう》　斜《しゃ》陽《よう》　暮《ぼ》鳥《ちょう》飛《と》ぶ
門《もん》前《ぜん》　雪《ゆき》満《み》ちて行《こう》迹《せき》無《な》し
応《まさ》に是《こ》れ先《せん》生《せい》出《い》でて未《いま》だ帰《かえ》らざるべし

門の前には雪が
積もって足跡がない。
世俗を離れた隠者の
生活ぶりを表します。

冬

解説

「依依」は枝のしなやかなさま。起句は、枝垂《しだ》れ柳が芽吹こうとしている、つまり春がやってこようとしていることをいいます。夕暮れに鳥が飛ぶのは、ねぐらに帰ろうとしていることを表します。奥深い路地裏に人を尋ねて門の前に立つと、雪が積もったままで足跡もついていません。夕陽が路地裏まで差し込んでいますから、雪は夕陽に照らされています。美しい風景です。「奥深い路地」に棲む人は隠者です。隠者は世俗から遠ざかって風流の世界に住んでいます。門前に足跡がなく雪が積もっているとは、さては出かけたまままだ帰ってきていないな、と。結局尋ねていった人に会えなかったのですが、会えないことが風流なのです。「隠者を尋ねて遇わず」(賈島《かとう》)といった詩が初唐以降盛んに詠われます。

訳

数本の垂れ柳がしなやかに芽吹こうとしている。夕暮れどき、奥深い路地に夕陽がさしこみ、鳥がねぐらへと飛んでいく。人を尋ねてやってきたが、門の前には雪が積もって足跡がない。きっと先生は出かけたまま、まだ帰ってきていないに違いない。

門《もん》は寒《かん》流《りゅう》に対《たい》し雪《ゆき》は山《やま》に満《み》つ

休暇日訪王侍御不遇
韋《い》応《おう》物《ぶつ》

九日駆馳一日閑
尋君不遇又空還
怪来詩思清人骨
門対寒流雪満山

休《きゅう》暇《か》の日《ひ》　王《おう》侍《じ》御《ぎょ》を訪《たず》ねて遇《あ》わず
九《きゅう》日《じつ》駆《く》馳《ち》して一《いち》日《じつ》の閑《かん》
君《きみ》を尋《たず》ねて遇《あ》わず又《また》空《むな》しく還《かえ》る
怪《あや》しみ来《き》たる　詩《し》思《し》　人《じん》骨《こつ》を清《きよ》むるを
門《もん》は寒《かん》流《りゅう》に対《たい》し雪《ゆき》は山《やま》に満《み》つ

家は冷たい清流に臨み、雪で真っ白な山に囲まれている。

清らかな自然のなかで清らかな詩思を養えば、清らかな詩ができる。

冬

解説

九日間の勤務に一日の休暇、これは当時の慣習だったようです。前半、あくせく働いて、一日の休暇にはるばる訪ねてきた、とちょっと大げさにいいます。これが実は俗なことです。ところが、あいにく留守で会えなかったので「空しく」帰る、といいます。わざわざ来たのに会えないからと怒る人は、無風流な人。また会ったら会ったで俗になります（308ページの来梓《らいし》〈子猷戴を訪ぬるの図〉）。「空しく還る」は、訪問者の心が俗から遠ざかったことを表しています。

後半は、会えなかったけれど、あなたの詩が読む人を清々しくさせるのはなぜなのか、その理由がわかった、といいます。「門は寒流に対し雪は山に満つ」、俗塵のないところに棲んでいるから、と。隠者は山に棲んでいるだけではなく、奥深い路地裏に棲んでいることもあります（302ページの岑参〈草堂村に人を尋ねて遇わず〉）。作者の心が「空しく」なったので、王侍御の詩の秘訣もわかったのです。

訳

九日間あくせく働いて、ようやく一日の休暇を得た。そこであなたを尋ねてきましたが、会うことができず、また空しく帰ります。あなたの詩が人をすがすがしい気持ちにさせるのはどうしてなのかと不思議に思っていましたが、ここに来て納得しました。あなたの家は冷たい清流に臨み、雪で真っ白な山に囲まれているのですから。

「詩思」は詩情、詩境。「人骨」は人を、「門」は家をいいます。初唐以降たくさん作られた「隠者を尋ねて遇わず」の系統の詩です。王侍御は隠退している人なのでしょう。詳しくはわかりません。

四《し》山《ざん》玉《ぎょく》の如《ごと》く　夜《や》光《こう》浮《う》かぶ
一《いっ》水《すい》の玻《は》璃《り》　凝《こ》って流《なが》れず

子猷訪戴図

来梓《らいし》

四山如玉夜光浮
一水玻璃凝不流
若使過門相見了
千年風致一時休

子《し》猷《ゆう》戴《たい》を訪《たず》ぬるの図《ず》

四《し》山《ざん》玉《ぎょく》の如《ごと》く　夜《や》光《こう》浮《う》かぶ
一水《いっすい》の玻《は》璃《り》　凝《こ》って流《なが》れず
若《も》し門《もん》を過《す》ぎて相《あ》い見《み》て了《おわ》らしむれば
千《せん》年《ねん》の風《ふう》致《ち》　一《いち》時《じ》に休《きゅう》せん

四方の山は
玉のように白く、
月が浮かぶ。
川の水は
ガラスのように
凝って流れない。
興をいざなう
美しい光景です。

解説

王《おう》子《し》猷《ゆう》の故事を描いた絵を詠う詩です。「子猷」は王子猷、名は徽《き》之《し》。書聖王《おう》羲《ぎ》之《し》の子で、会稽（浙江省）に隠棲しました。「戴」は戴《たい》逵《き》、字は安道。会稽の奥の剡《せん》渓《けい》に隠棲しました。

訳

四方の山は玉《ぎょく》のように白く、月が浮かぶ。川の水はガラスのように凝って流れない。もし門を入って戴と会っていたら、千年の後に伝えられる風流の趣きは、そのときになくなっていただろう。

故事は『世説新語《せせつしんご》』（任誕23）に見えます。ある冬の夜、大いに雪が降り、眠りから覚めて部屋の戸をあけ、酒を飲むと、あたりは一面の銀世界。左思《さし》の「招隠詩《しょういんし》」を詠じていると、ふと戴逵のことを思い出し、さっそく小舟に乗って彼のもとに出かけ、一晩かかってやっと到着した。ところが門まで来ると中に入らず引き返した。ある人がそのわけを尋ねると王は言った。「私はもともと興に乗って出かけ、興が尽きたので帰ってきたのだ、何も戴に会わねばならぬこともあるまい」。

山が「玉の如し」とは雪が積もっていることをいいます。「夜光」は月です。「玻璃」はガラス。月の光が反射してキラキラ輝いていいます。出典の『世説新語』には月や川の水が「玻璃」のようだとはありませんが、詩ではそのときの光景を想像して詠います。この光景こそが風流をいざなうもの、と作者はいいたいのです。

打《だ》氷《ひょう》声《せい》裏《り》　一《いっ》舟《しゅう》来《き》たる

消寒絶句

呉《ご》錫《せき》麒《き》

礬頭山在屋頭堆
磬口花于水口開
不遇故人誰共賞
打氷声裏一舟来

消《しょう》寒《かん》絶《ぜっ》句《く》

礬《ばん》頭《とう》の山《やま》は屋《おく》頭《とう》に在《あ》りて堆《うずたか》く
磬《けい》口《こう》の花《はな》は水《すい》口《こう》に于《お》いて開《ひら》く
故《こ》人《じん》に遇《あ》わずんば誰《たれ》か共《とも》に賞《しょう》せん
打《だ》氷《ひょう》声《せい》裏《り》　一《いっ》舟《しゅう》来《き》たる

氷を打ちわる
音がして、一艘の
舟がやってきた。
友人が寒さのなか
訪ねてくれた喜び。

冬

解説

「礬頭《ばんとう》」は、山水画を描く手法の一つです。山の上に小石塊を堆《うずたか》く描きます。その山が家の近くに聳えています。「磬口」は、蝋梅《ろうばい》の一種の「磬口梅《けいこうばい》」。花弁が僧の用いる磬（銅鉢）の口に似ていることからいいます。前半は、磬口の花が開く、春の風景です。この春を描いた絵を鑑賞しながら、友人と一献傾けようと約束したのですが、なかなかやって来ない、と転句。すると、氷を割りながら舟がやってきました。氷の割れる音に、嬉しくて胸が躍ります。

中国では寒さを凌ぐ「消寒会《しょうかんえ》」という酒宴が行われていました。冬至を迎えると寒さは一年でもっとも厳しくなります。そこで友人が交代で招待しあい、寒さをしのぎ楽しみました。清代の北京では文人が九日ごとに九人の客を招く「九九消寒会《きゅうきゅうしょうかんえ》」というものがありました。冬至から「九九《くく》」八十一日経つと、いよいよ春です。

訳

礬頭の山は家のほとりに高くそびえ、磬口の花は川のほとりに開く。友人と会えなければ誰と共に一足早い春を楽しもう。すると、氷を打ちわる音がして、一艘の舟がやってきた。

一《いっ》穂《すい》の青《せい》灯《とう》　万《ばん》古《こ》の心《こころ》

冬夜読書

菅《かん》茶《ちゃ》山《ざん》

雪擁山堂樹影深
檐鈴不動夜沈沈
閑収乱帙思疑義
一穂青灯万古心

冬《とう》夜《や》読《どく》書《しょ》

雪《ゆき》は山《さん》堂《どう》を擁《よう》して樹《じゅ》影《えい》深《ふか》し
檐《えん》鈴《れい》動《うご》かず　夜《よる》沈《ちん》沈《ちん》
閑《しずか》に乱《らん》帙《ちつ》を収《おさ》めて疑《ぎ》義《ぎ》を思《おも》う
一穂《いっすい》の青《せい》灯《とう》　万《ばん》古《こ》の心《こころ》

稲穂のような
青い炎が、
遠い昔の人々の心を
明るく照らした。
青い炎を介して
古人の心と
通じ合いました。

解説

前半は、雪に埋もれ、木がこんもり茂り、軒端の風鈴がコソリとも動かない夜の庵で、誰にも邪魔されずに読書に没頭することをいいます。後半は、疑問があるたびにあれこれ調べて散らかった「帙《ちつ》（糸綴じの本を収めるカバー）」に本を収め、燭台の前に座って解決できなかった疑問の個所についてあれこれ考えます。稲穂のように青く燃えている一つの炎をじっと見つめていると、その炎を介して古人と心をかよわせたように閃いた、といいます。「一穂」と「万古」の数字の使い方が絶妙です。この詩では炎が稲穂のようになっていることが重要です。炎がゆれていてはいけません。前半で風がない、とちゃんと伏線を張っています。

訳

雪は山の庵を抱くように積もり、木の影がこんもりしている。軒端の鈴はまったく動かず、夜がしんしんと更《ふ》ける。心静かに散らかった書物をかたづけ、疑問の個所についての思いをめぐらしていると、燭台の上の稲穂のような青い炎が、遠い昔の人々の心を明るく照らしてくれた。

霜《そう》鬢《びん》明《みょう》朝《ちょう》　又《また》一《いち》年《ねん》

鬢は霜のように白く、
明日の朝には、
また一つ年を重ねる。
大晦日の感慨。

除夜作

高《こう》適《せき》

旅館寒灯独不眠
客心何事転凄然
故郷今夜思千里
霜鬢明朝又一年

除《じょ》夜《や》の作《さく》

旅《りょ》館《かん》の寒《かん》灯《とう》　独《ひと》り眠《ねむ》らず
客《かく》心《しん》何《なに》事《ごと》ぞ　転《うた》た凄《せい》然《ぜん》
故《こ》郷《きょう》今《こん》夜《や》千《せん》里《り》を思《おも》わん
霜《そう》鬢《びん》明《みょう》朝《ちょう》　又《また》一《いち》年《ねん》

解説

大晦日の夜、一人で宿屋で過ごすのは寂しく心細いものです。起句の「寒」「独」で「凄然」の思いを詠い、承句で「客」「転《うた》た凄《せい》然《ぜん》」とたたみかけます。転結は対句によって更に具体的に、孤独、寂しさを詠います。

転句は「故郷今夜千里を思う」と読んでもかまいません。意味は、私が千里彼方の故郷を思う、と、故郷の家族が千里彼方にいる私を思う、の二通りの解釈が可能ですが、後者のほうが味わいがあります。ここでは後者の意味を明確にして「千里を思わん」と読みます。「霜鬢」は頭髪が霜のように白くなっていることをいいます。「又一年」とありますから、去年も故郷に帰れなかったことがわかります。詩全体が暗い調子で、結句で「霜」の白を表すことによって、「明朝又一年」がいっそう印象深くなっています。

訳

一人旅の宿、寒そうな灯火のもとでは眠ることができない。旅人の心には、なぜかますます寂しさがつのる。故郷では今夜、遥か遠くにいる私のことを思っているだろう。鬢は霜のように白く、明日の朝には、また一つ年を重ねるのだ。

追《お》い得《え》たり　唐《とう》賢《けん》の旧《きゅう》苦《く》辛《しん》

除夜

柏《かし》木《わぎ》如《じょ》亭《てい》

囊中句満又新春
追得唐賢旧苦辛
擬取一年吟詠巻
亦供薄酒祭詩神

除夜《じょや》

囊《のう》中《ちゅう》句《く》満《み》ちて又《また》新《しん》春《しゅん》
追《お》い得《え》たり　唐《とう》賢《けん》の旧《きゅう》苦《く》辛《しん》
一年《いちねん》の吟《ぎん》詠《えい》の巻《かん》を取《と》りて
亦《ま》た薄《はく》酒《しゅ》を供《そな》えて詩《し》神《しん》を祭《まつ》らんと擬《ほっ》す

いにしえの唐の
詩人たちの
体験した苦辛を
私も追体験できた。
先人の苦しみ辛さを
識って初めて
良い詩ができます。

冬

解説

柏木如亭《かしわぎじょてい》は江戸の人で、日本の各地を遊歴して詩を詠みました。この詩は文化二年（一八〇五）の除夜（大晦日）に越後（新潟）で作ったものです。詩人はよく大晦日の晩に、一年間の自作の詩を祭り、苦心を慰める「祭詩《さいし》」を行っていました。中唐の賈島《かとう》は酒と干し肉を供えたといいます。この詩では「薄酒」を供えています。

「嚢」は袋。中唐の李賀《りが》は道々句を思いつくとすぐ書きとめ、それを錦の嚢に投げ込んでいたそうです。「また」と読む漢字が二つあります。「又」は添加を表す助字で、「またもや、その上に」の意。結句の「亦」は「同様に」の意で、「去年も詩を祭ったが今年もまた同様に」となります。「追得」は、ちゃんと追体験できた。語順が逆の「得追」は「追うを得たり」と読み、追体験する機会を得て追体験できた、の意になります。ちゃんとできたかどうかは問いません。

訳

嚢《ふくろ》の中に詩句が満ちてまた新春を迎える。いにしえの唐の詩人たちが体験した苦辛を私も追体験できた。この一年間の詩を書きつけた巻物を取り出して、今年もまた薄酒を供えて詩の神様をお祭りしよう。

柏木如亭は詩人として生き、詩に対してなみなみならぬ情熱をもっていました。

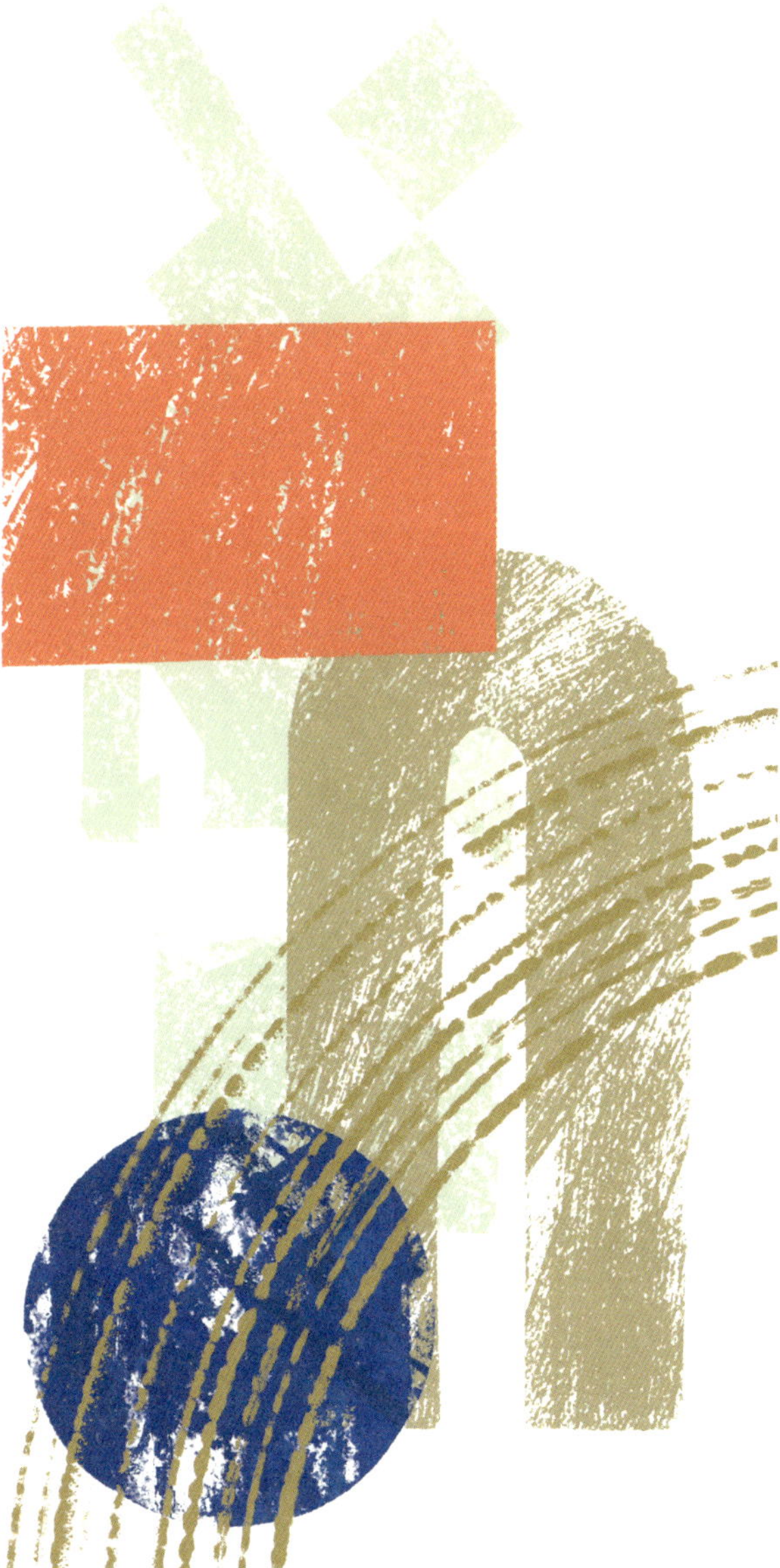

百千《ひゃくせん》の寒雀《かんじゃく》　空庭《くうてい》に下《くだ》り
梅梢《ばいしょう》に小集《しょうしゅう》して晩晴《ばんせい》を話《わ》す

寒雀

楊《よう》万《ばん》里《り》

百千寒雀下空庭
小集梅梢話晩晴
特地作団喧殺我
忽然驚散寂無声

寒雀《かんじゃく》

百千《ひゃくせん》の寒雀《かんじゃく》　空庭《くうてい》に下《くだ》り
梅梢《ばいしょう》に小集《しょうしゅう》して晩晴《ばんせい》を話《わ》す
特地《とくち》に団《だん》を作《な》して我《われ》を喧殺《けんさつ》し
忽然《こつぜん》として驚《おどろ》き散《さん》じ寂《せき》として声《こえ》無《な》し

たくさんの寒雀《かんすずめ》が
人気《ひとけ》のない庭に
舞い下り、梅の梢に
しばらく止まって
夕方の雪晴れを
よろこんで
囀っている。

解説

身近にいながら決して人に慣れることのない雀を詠います。「寒雀」は冬の雀。「空庭」は人気のない庭。「小集」は少し止まって、集まっての意。夕方雪が晴れたのでたくさん雀が庭に舞い降り、梅の枝にしばらく止まって、晴れたのをよろこんでさえずっています。

ところが後半、「我」の存在に気づき、「我を喧殺する」、私を威嚇するようにさかんに鳴き、突然「驚き散じ」、パッと飛び立ちます。「百千」「小集」「話晩晴」から「一団」「喧殺我」「驚散」「寂無声」と言葉の選び方、全体の構成が工夫されています。転句で「我」をいうのは、スズメたちが雪晴れをよろこんでいるのに、危険な「我」がいるからです。

訳

たくさんの寒雀《かんすずめ》が人気《ひとけ》のない庭に舞い下り、梅の梢にしばらく止まって夕方の雪晴れをよろこんで囀っている。ことさらに一団となって私にむかってやかましく言い立てていたかと思うと、突然、いっせいに飛び立って、あとはシーンとして物音一つしない。

汝《なんじ》に還《かえ》さん　春《しゅん》光《こう》　満《まん》眼《がん》の看《かん》

示内

沈《しん》受《じゅ》宏《こう》

莫歎貧家卒歳難
北風曾過幾番寒
明年桃柳堂前樹
還汝春光満眼看

内《ない》に示《しめ》す

歎《たん》ずる莫《なか》れ　貧《ひん》家《か》　歳《とし》を卒《お》うるの難《かた》きを
北《ほく》風《ふう》曾《かつ》て過《す》ぐ　幾《いく》番《ばん》の寒《かん》
明《みょう》年《ねん》桃《とう》柳《りゅう》堂《どう》前《ぜん》の樹《じゅ》
汝《なんじ》に還《かえ》さん　春《しゅん》光《こう》　満《まん》眼《がん》の看《かん》

おまえに、
見わたす限り
春の光りの
満ちている景色で
償ってあげよう。

清貧生活にも
再びやってくる
春のよろこび。

解説

旅先から妻に贈った詩です。貧乏だから年を越せないなどと嘆かないでおくれ、何もしてやれないが、もうすぐ春だから春景色をあげるよ、と。おどけた調子ですが、それがかえって夫婦の愛情の深さを伝えます。

承句の「北風幾番の寒」と結句の「春光満眼の看」が暗と明を対照させた表現で、これまでは辛く暗かったが、これからは楽しく明るい未来が待っている、と詩としての表現を引き締めます。また転句の「桃柳堂前の樹」は、陶淵明《とうえんめい》の「楡柳後簷を蔭《おお》い、桃李堂前に羅《つら》なる」〈園田の居に帰る、その一〉をふまえた表現で、清貧の生活を連想させます。

訳

歎くことはないよ、貧しくて歳が越せないなどと。これまで北風の寒さを何度も凌いできたではないか。来年になれば、座敷の前の桃の木に花が咲き、柳が緑に煙る。おまえに、見わたす限り春の光りの満ちている景色で償ってあげよう。

詩人略歴

中国

漢

漢武帝《かんのぶてい》

前一五六～前八七

前漢第七代の天子。姓は劉、名は徹。前漢王朝の全盛期を築いた明君。中央集権を強固にし、領土を拡張し西域との交流を促進した。文化の振興を推し進め、音楽を掌る役所「楽府《がくふ》」を設けた。在位は五十五年。

176

東晋

孫綽《そんしゃく》

三一四～三七一

字は興公。太原中都（山西省平遥県）の人。太学博士から尚書郎に遷り、各地の県令や長史を歴任、晋の哀帝のとき、著作郎等を歴任した。王羲之の蘭亭の会にも参加している。書家としても知られる、玄言詩派の代表的詩人。

69

東晋

陶淵明《とうえんめい》

三六五〜四二七

名は潜、字は淵明。一説に名が淵明。字は元亮など諸説ある。五柳先生と号し、世に靖節先生と称される。潯陽柴桑（江西省九江市）の人。二十九歳のとき東晋王朝の下級官吏となったが、四十一歳のときに辞職して郷里に帰った。村人たちと交遊し、田園に生きる思いを素朴に詠い、酒と菊を愛する隠逸詩人として知られる。唐詩の源流であり、唐の詩人に大きな影響を与えた。

119・247・252 323

初唐

王勃《おうぼつ》

六五〇〜六七六

字は子安。降州龍門（山西省河津市）の人。皇族の闘鶏を風刺する文を書いて高宗の怒りに触れ、免職して蜀（四川省）を放浪した。のち、罪を犯した官奴をかくまい、露見を恐れてこれを殺したため死刑の判決を受けたが大赦によって救われた。この事件で父が交趾（ベトナムのハノイ付近）に左遷され、父を見舞う途中、海に落ちて死んだ。「初唐の四傑」の一人。文章をたちどころに作るので「腹稿」といわれた。

189

盛唐

賀知章《がちしょう》

六五九〜七四四

字は季真。則天武后の時に進士に合格し、秘書監などを歴任。李白を一目見て「謫仙人（人間世界に流謫された仙界の人）」と呼んだという。杜甫の「飲中八仙歌」で筆頭に数えられる酒飲みで、自ら「四明狂客」と号した。八十歳を過ぎ官をやめて故郷に帰るとき、玄宗に褒美に何がよいか問われて、故郷の湖（鏡湖）を一つもらった。

67

盛唐

蘇頲《そてい》

六七〇〜七二七

字は廷碩。文憲と諡された。京兆武功（陝西省武功県）の人。幼児より記憶力に優れ、則天武后のとき、二十歳で進士となった。中宗のとき父の瓌とともに国勢を担当し、父の爵をついで許国公となる。玄宗の時、宰相となり、その文才から燕国公の張説とともに「燕許の大手筆」と称された。開元年間（七一三〜七四二）に李白と会い、李白の才を高く評価した。

180

盛唐

孟浩然《もうこうねん》

六八九〜七四〇

名は浩、字は浩然ともいわれる。襄陽（江北省襄樊市）の人。襄陽の鹿門山に隠棲し、また各地を放浪。四十歳ころ都に出て王維、張九齢、李白らと親しく交わった。山水詩をよくし、王維とともに「王孟」と並称される。

56

盛唐

王昌齢《おうしょうれい》

六九八〜七五五

字は少伯。長安（陝西省西安市）の人。一説に太原の人、江寧の人とも。開元十五年（七二七）の進士。役人となり、地方に左遷された。七言絶句に優れ、「詩家の夫子王江寧」と称せらる。「辺塞詩人」「閨怨詩人」とも呼ばれる。

259

盛唐

王維《おうい》

六九九〜七六一

字は摩詰。太原（山西省太原市）の人。幼少より詩・画・音楽の才を発揮し、十五歳で長安に出て社交界で名を馳せた。開元七年（七一九）二十一歳で進士に及第、以後役人生活を送る。安禄山の乱（七五五）のとき賊軍に捕えられ無理やり官職に就けさせられ、乱の収束後死罪となったが死を免れ、その後は順調に出世して尚書右丞となった。自然を愛し、輞川荘で閑適の時を過ごした。陶淵明の詩の流れを汲み、自然派詩人と称される。篤く仏教を信仰し「詩仏」と称される。

34・62・192

盛唐

李白《りはく》

七〇一〜七六二

字は太白。青蓮居士と号した。父は西域の商人といわれる。幼少時、蜀の青蓮郷（四川省綿陽市）で過ごし、二十五歳のとき蜀を出て官職を求めつつ各地を放浪。四十二歳のとき翰林供奉となったが、三年ほどで讒言によって長安を追われた。四十四歳のとき洛陽で杜甫と出会い一緒に旅をした。仕えた永王璘が逆族とされたため、夜郎に流されたが途中恩赦にあい当塗のあたりまで戻り、六十二歳で没した。酒を愛し、仙界に憧れ、豪放磊落、躍動感に富む明るい詩が多く、長編の古詩や楽府、七言絶句にも長じた。「詩仙」と称される。

40・72・95・143・148・151・202・212・221・228・233・301

盛唐　高適《こうせき》　七〇九～七六五

字は達夫。滄州渤海（河北省滄県）の人。若いころは無頼の生活をしていたが、中年になって発憤し、詩を学んでたちまち名声を挙げた。安史の乱のとき手柄を立て、高官に上った。西川節度使（蜀の長官）のとき杜甫の庇護者となった。詩は辺塞詩に巧み。

267・280・315

盛唐　杜甫《とほ》　七一二～七七〇

字は子美。少陵と号した。晋の杜預の子孫で、初唐の杜審言の孫に当たる。三十三歳、洛陽で李白と出会い、親交を結ぶ。幾度も科挙を受けたが及第できず役人生活に恵まれなかった。安禄山の乱（七五五年）によって社会は益々疲弊し、食糧不足のため妻子を連れて各地を流浪した。成都（四川省）で草堂を築いて生活した時期が唯一平穏だった。夔州での作「秋興八首」は七言律詩の傑作とされる。誠実な人柄と儒教的な信念から「詩聖」と称され、社会派詩人とも称される。

30・80・93・145・224

盛唐　岑参《しんじん》　七一五～七七〇

字は不詳。荊州（湖北省江陵県）の人。苦学して三十歳ころ進士に及第。長く辺塞地域で生活し、その体験や珍しい風物を詩に詠って、高適、王昌齢、王之渙とともに「辺塞詩人」と称された。西域従軍の体験に基づいた七言歌行にユニークな作品がある。嘉州（四川省楽山市）の刺史（長官）の任期が終わり、都に帰る途中で病死した。

302

中唐　張継《ちょうけい》　?～?

字は懿孫。襄州（湖北省襄樊市）の人。七五三年の進士。節度使の幕僚から中央に官を得て検校祠部郎中に至る。「楓橋夜泊」の一首で有名。

245

中唐　耿湋《こうい》　七三六～七八七

字は洪源。河東（山西省永済県）の人。宝応二年（七六三）の進士。左拾遺に至った。「大暦十才子」の一人に数えられる。

182

中唐

韋応物《いおうぶつ》

七三七〜七九二

字は義博。長安京兆（陝西省西安市）の人。名門の出身だが、若いころ遊侠に身を投じ、玄宗の警備兵を務めた。安禄山の乱で職を失ってから勉学に励み、地方官を歴任した。詩は王維、孟浩然の流れを汲み、柳宗元と併せて「王孟韋柳」と称される。白楽天は「詩情亦た清閑」と述べている。

305

中唐

盧綸《ろりん》

七三九〜七九九

字は允言。河中（山西省永済県）の人。進士には及第しなかったが、重臣に才を認められ、監察御史や検校戸部郎中になった。「大暦十才子」の一人に数えられる。送別や贈答詩のほかに雄壮な辺塞詩もある。

276

中唐

李益《りえき》

七四六〜八二九

字は君虞。隴西姑蔵（甘粛省武威県）の人。大暦四年（七六九）の進士。地方官を歴任し、召されて秘書少監・集賢殿学士に抜擢され、礼部尚書に至った。七言絶句の評判がきわめて高く、一首できるごとに楽人たちが買い求めて楽曲にのせたり、好事家たちが屏風絵に描かせたりしたという。

272

中唐

王建《おうけん》

七六六?〜八三〇?

字は仲初。または仲和。潁川（河南省許昌市）の人。大暦十年（七七五）の進士。渭南県尉、秘書郎などを歴任し、地方に出て陝州司馬となる。白楽天や劉禹錫と交わり、張籍とは親友だった。ともに韓愈の門下で、「張王」と称された。風刺の効いた楽府を得意とし、宮詞（宮中の女性の心情や生活を詠う）の名手だった。

207

中唐

楊巨源《ようきょげん》

?〜八三三

字は景山。蒲中（山西省蒲県）の人。また河中（山西省永済県）の人とも。貞元五年（七八九）第二位で進士に及第。虞部員外郎から太常博士、礼部員外郎を経て国子司業となった。詩は声律に力を入れ、長編の詩は彫琢を凝らし、絶句には清らかな趣きがある。

58

中唐	韓愈《かんゆ》	七六八〜八二四	字は退之。文公と諡された。南陽（河南省修武県）の人。貞元八年（七九二）二十五歳で進士に及第したが、上級試験には落第し、十年後にようやく官を得た。その後も剛直な性格からしばしば左遷された。官は京兆尹、吏部侍郎などを歴任。詩は晦渋で難解なものが多いが、小品には親しみやすいものがある。柳宗元とともに古文復興を提唱し、後進を導いて、孟郊、賈島、李賀ら多くの詩人たちを門下から輩出した。	120
中唐	崔護《さいご》	七七二〜八四六	博陵（河北省蠡県）の人。貞元十二年（七九六）の進士。嶺南節度使に至る。詩は六首伝わる。	44
中唐	張籍《ちょうせき》	七六八?〜八三〇?	字は文昌。和州烏江（安徽省和県）の人。貞元十五年（七九九）の進士。秘書郎中などを歴任して国子司業となる。白楽天らの文人と広く交遊した。古詩と楽府に長じる。	185
中唐	劉禹錫《りゅううしゃく》	七七二〜八四二	字は夢得。中山（河北省定県）の人。貞元九年（七九三）二十二歳、柳宗元とともに進士に及第。王叔文一派の政治改革に参加し、永貞元年（八〇五）王叔文が失脚すると、朗州（湖南省常徳市）司馬に左遷された。のち中央にもどされたが再び連州（広東省連県）に左遷され、官は検校礼部尚書に至った。晩年、親交のあった白楽天に「詩豪」といわれ「詩のあるところには神仏の護持がある」とたたえられたという。	187・230

中唐

柳宗元《りゅうそうげん》

七七三～八一九

字は子厚。河東（山西省永済県）の人。貞元九年（七九三）二十一歳で進士に及第。要職を歴任するが、永貞元年（八〇五）王叔文らの失脚にともない、永州（湖南省永州市）に左遷された。十年後いったん中央に復帰するが、また柳州（広西壮族自治区柳州市）に左遷され、その地で没した。自然詩にすぐれ、王維、孟浩然、韋応物とともに「王孟韋柳」と称される。散文では、韓愈とともに古文復興を提唱し「韓柳」と並称される。

136・294

中唐

白楽天《はくらくてん》

七七二～八四六

名は居易。楽天は字。香山居士、酔吟先生と号した。下邽（陝西省渭南県）の人。貞元十六年（八〇〇）二十九歳で進士に及第。上級試験にも合格して役人となり、のち翰林学士や左拾遺などの要職に就いた。元和十年（八一五）上書をとがめられて江州司馬に左遷され、のち忠州にも左遷され、杭州、蘇州の刺史を歴任、刑部尚書に至った。晩年は洛陽に住み、郊外の香山寺の僧侶と親交を結び、香山居士と称した。若いころは社会風刺の「新楽府」「秦中吟」をさかんに作ったが、江州左遷以後は閑適・感傷の詩を多く作った。『白氏文集』は日本にも将来され、日本文学に大きな影響を与えた。

105・140・205・219・236・251・282・286

中唐

李紳《りしん》

七七二～八四六

字は公垂。亳州（安徽省亳県）の人。元和元年（八〇六）の進士。翰林学士などを歴任し、李徳裕、元稹と交わり「三俊」と称せられた。のち宰相になり、文粛と諡された。

133

晩唐

杜牧《とぼく》

八〇三〜八五二

字は牧之。攀川と号した。京兆万年（陝西省西安）の人。太和二年（八二八）二十六歳で進士に及第して、エリート官僚のコースを踏み出すが、眼病の弟をかかえて、各地の地方官をつとめることが多かった。若いころ揚州で浮き名を流し、風流才子ともてはやされた。詩は軽妙洒脱で七言絶句をよくした。杜甫を「老杜」と呼ぶのに対して「小杜」と称される晩唐第一の詩人。

76・84・163　239

晩唐

趙嘏《ちょうか》

八一〇〜八五六

字は承祐。山陽（江蘇省淮安県）の人。会昌四年（八四四）の進士。詩人としての名は高かったが、官は低くかった。「残星幾点雁塞を横ぎり、長笛一声人楼に倚る」の句が杜牧に激賞され、人々に「趙倚楼」と呼ばれた。

214

晩唐

李商隠《りしょういん》

八一三〜八五八

字は義山。玉渓生と号した。懐州河内（河南省沁陽市）の人。若いとき知遇をうけた令孤楚の属する牛僧孺一派と、李商隠の岳父の属する李徳裕一派による牛李の党争の間にあって、どちらにも属さず不遇だった。七言律詩にすぐれ、典故のある語を連ねて独特の風格がある。温庭筠と並び称される晩唐の代表詩人。

100

晩唐

高駢《こうべん》

八二一？〜八八七

字は千里。幽州（河北省北京市西南）の人。軍の名家の出で乗馬弓剣に習熟した。各地の節度使を歴任、また唐末の黄巣の乱（八七五〜八八五）の討伐にも功があり、淮南地方を占領して覇をとなえたが、武将畢師鐸に殺された。

159

晩唐

皮日休《ひじつきゅう》

八三三？〜八八三？

字は襲美。襄陽（湖北省襄樊市）の人。襄陽郊外の鹿門山に隠居し、酒を飲み詩を作り自ら酔吟先生と号した。咸通八年（八六七）太常博士となった。郷里にいるとき、親友の陸亀蒙と詩の応酬をし、「皮陸唱酬」として有名である。黄巣の乱のときつかまって殺された。

98

晩唐　韓偓《かんあく》　八四二～九二三？

字は致堯。また致光とも。京兆万年（陝西省西安市）の人。龍紀元年（八八九）の進士。中央の要職を歴任して活躍したが、権力者の朱全忠（のちの梁の太祖）に従わなかったため、濮州（山東省濮県）に左遷された。詩は世に対する憤りを詠うものが多いが、男女の情愛や女性美を詠うものも多い。『香匳集』がある。

155・292

晩唐　魚玄機《ぎょげんき》　八四四？～八七一？

字は幼微、また蕙蘭とも。長安の色町に生まれ、のち李億という高級官僚の側室となった。李億に捨てられ女道士になるが、召使を殺した罪で刑死した。森鷗外に小説『魚玄機』がある。

218

晩唐　杜荀鶴《とじゅんかく》　八四六？～九〇四？

字は彦之。池州（安徽省池州市）の人。杜牧の諸子といわれる。大順二年（八九一）の進士。翰林学士や主客員外郎、知制誥となった。朱全忠に気に入られ、傲慢だったので人に憎まれたという。

168

晩唐　陳玉蘭《ちんぎょくらん》　？～？

呉の人。王駕の妻。詳細は不明。王駕（八五一～？）は字は大用、守素先生と号した。大順元年（八九〇）の進士。校書郎、礼部員外郎となったが、のち隠棲した。

270

北宋　司馬光《しばこう》　一〇一九～一〇八六

字は君実。陝州（山西省夏県）の人。涑水郷にいたので涑水先生と呼ばれた。神宗のとき御史中丞となった。が、王安石の新法に反対して退職し、洛陽に隠居した。その間、編年体の『資治通鑑』を著した。哲宗のとき官界に復帰し、太師温国公の称号を贈られ、文正と謚された。

108・118

北宋

王安石《おうあんせき》

一〇二一〜一〇八六

字は介甫。半山と号した。撫州臨川（江西省臨川）の人。二十二歳で進士に及第し、神宗に召されて宰相となった。新法によって政治改革を断行し、元豊二年（一〇七九）より鍾山に隠棲した。詩は杜甫の影響を受け、用語・構成などに意を用い、知的で端整。特に絶句は北宋第一とされ、政敵の欧陽脩や蘇軾からも高く評価された。

112

北宋

蘇軾《そしょく》

一〇三六〜一一〇一

字は子瞻。東坡居士と号した。眉州眉山（四川省眉山県）の人。父の洵、弟の轍とともに「三蘇」と称される。嘉祐二年（一〇五七）二十二歳で轍とともに進士に及第した。王安石の新法に反対したため、左遷させられたり、獄につながれたりし、六十二歳のときには海南島にまで追放されたが、逆境に在っても常に前向きで、詩は明朗闊達である。詩・詞・散文・書・画の各方面に才能を発揮し、料理にも強い関心を示した。

78・264・288

北宋

黄庭堅《こうていけん》

一〇四五〜一一〇五

字は魯直。号は涪翁。また山谷道人と号した。分寧（江西省修水県）の人。治平四年（一〇六七）二十三歳、進士及第。国子監教授、校書郎、秘書丞兼国史編修官を歴任した。蘇軾と並んで「蘇黄」と呼ばれる。江西派の祖とされる。草書も巧み。

157

南宋

来梓《らいし》

?〜?

字は子儀。高級官僚の周必大（一一二六〜一二〇四）と布衣の交わりを結んだという。他の履歴は不明。

308

南宋

范成大《はんせいだい》

一一二六〜一一九三

字は至能。石湖居士と号した。呉県（江蘇省蘇州市）の人。紹興二十四年（一一五四）二十九歳で進士に及第。副宰相にまで昇ったが、病気のため引退し、郷里に帰って石湖の別荘で悠々自適の生活を送った。

38・110

南宋

楊万里《ようばんり》

一一二七～一二〇六

字は廷秀。誠斎と号した。紹興二十四年（一一五四）の進士。同年の合格者に范成大がいる。要職を歴任したが、剛直な性格と、金国に対する徹底抗戦を主張して天子に疎まれ、地方に出されることが多かった。晩年は郷里に隠棲した。詩は「誠斎体」と称され、奇抜な発想のものが多く、口語を積極的に取り入れている。四千二百首あまりの詩を残している。

320

南宋

戴復古《たいふくこ》

一一六七～？

字は式之。天台黄巌（浙江省黄岩県）の人。石屏山に隠居したので石屏居士と号した。若いころ陸游の門に入った。一生仕官せず、北は淮泗（江蘇省北部）、南は広東、桂林、西は洞庭湖の方面まで遊歴した。高官と交わって諛わず、清廉な生涯を送った。

116

金

趙秉文《ちょうへいぶん》

一一五九～一二三二

字は周臣。閑閑居士と号した。別に閑閑老人。磁州滏陽（河北省磁県）の人。大定二十五年（一一八五）の進士。五つの朝に高官として仕え、その名は朝野に聞こえた。詩・文・書・画に秀で、七言古詩は李白、蘇軾に倣い、五言古詩は陶淵明、王維に、七言絶句は楊万里に倣った。

138

金

趙元《ちょうげん》

？～？

号は愚軒。若くして童子科に挙げられた。地方官についたが、病で失明したという。『中州州』に詩が三十四首採られている。

130

明

高啓《こうけい》

一三三六～一三七四

字は季迪。青邱と号した。長洲（江蘇省蘇州市）の人。明の洪武帝に招かれて『元史』の編纂にたずさわった。三年後、戸部侍郎（大蔵次官）に抜擢されたが、辞退して故郷へ帰った。のち友人の謀反の罪に連座して腰斬の刑に処せられた。一説に、七言絶句「宮女の図」が太祖の好色を風刺していたので、太祖の怒りに触れたのだという。詩は清新雄健で明代第一といわれる。楊基、張羽、徐賁とともに「呉中の四傑」ともいう。

48

明

瞿佑《くゆう》

一三四一〜一四二七

字は宗吉。存斎・吟堂・楽全叟と号した。博学で要職を歴任したが、筆禍事件で左遷されたりした。詩は特に短篇の古体詩に巧みだった。怪奇小説集『剪燈新話』は江戸文学に大きな影響を与えた。その中の一篇、「牡丹燈記」は日本では「牡丹灯篭」として特によく知られている。

171

明

唐寅《とういん》

一四七〇〜一五二三

字は子畏。呉県（江蘇省蘇州市）の人。六如居士と号した。弘治十一年（一四九八）南京郷試に首席で合格したが、翌年の会試に試験問題漏洩事件に巻き込まれて投獄された。その後は桃花塢に家を建て「江南第一風流才子」と称して気ままに暮らした。詩・文・書・画に巧み。

153・290

清

高珩《こうこう》

一六一二〜一六七九

字は念東。山東淄川（山東省淄博市）の人。崇禎十六年（一六四三）の進士。刑部侍郎にいたる。著に『栖雲閣集』がある。

53

清

沈受宏《しんじゅこう》

?〜?

字は台臣。太倉（江蘇省太倉県）の人。呉偉業（梅村）より詩学をうけ、康熙年間（一六六二〜一七二二）に詩名をはせた。終生不遇だった。

322

清

黄中堅《こうちゅうけん》

?〜?

字は震生。号は畜斎。古文に巧みだった。

128

清

謝芳連《しゃほうれん》

?〜?

字は皆人。江南宜興（江蘇省宜興市）、康熙年間（一六六二〜一七二二）の人。短篇に巧みで、品格があり、新月が天にあり、残雪が地にあるような風趣があると評される。『画渓西堂稿』がある。

284

清

呉錫麒《ごせきき》

一七四六〜一八一八

字は聖徴。穀人と号した。銭塘（浙江省杭州市）の人。乾隆四十年（一七七五）の進士。常に筆と硯を携帯し、山水に親しんで詩に詠った。駢文の名手としても知られる。

311

張問陶《ちょうもんとう》

一七六四〜一八一四

字は仲治。船山と号した。遂寧（四川省遂寧県）の人。乾隆十五年（一七九〇）二十七歳で進士に及第。洪亮吉の紹介で八十歳前後になっていた袁枚に会った。そのとき、袁枚は「わたしが老いながら死ななかったのは、まだ君の詩を読んでいなかったからだ」と言ったという。翰林院検討・吏部郎中などをつとめたのち、山東省萊州の知事となったが、上官とうまくいかず、嘉慶十七年（一八一二）に退官した。平易で情緒的な詩風は、明治期の日本人に好まれた。

122・300

日本

平安

菅原道真《すがわらのみちざね》

八四五〜九〇三

平安時代の学者、政治家、詩人。菅公または菅丞相と称される。文《もん》章博士《じょうはかせ》・大学頭《だいがくのかみ》の家に生まれ、三十三歳で博士となった。宇多天皇の寛平三年一月十三日、讃岐守から抜擢されて蔵人頭《くろうどのとう》となり、その後次々と出世し、五十五歳で右大臣になったが、左大臣藤原時平《ふじわらのときひら》の讒言によって太宰権帥《だざいごんのそつ》に左遷され、延喜三年二月二十五日配所で没した。享年五十九歳。中唐の白楽天を学び、漢詩を日本の文学にまで高めた。

26・194・199

南北朝

虎関師練《こかんしれん》

一二七八〜一三四六

鎌倉末期から南北朝にかけての臨済宗の僧。京都の人。二十歳あまりで三蔵の聖教、諸家の語録、儒家の典籍に通じたといわれる。東福寺・南禅寺・楞伽寺などに歴住し、後醍醐帝・後村上帝の信奉を受けた。中国の宋・元の文化の影響のもとに栄えた、漢詩文・日記・語録などの文学を盛んにした。「五山文学」の先駆者。

243

南北朝

細川頼之《ほそかわよりゆき》

一三二九〜一三九二

南北朝時代の武将。正徳元年、三河(愛知県)に生まれた。幼名は弥九郎、また三郎。父は頼春。足利義満を補佐したが、十四歳の義満は頼之の切諫に怒り、頼之の権勢を忌み、周囲の者も二人の離間策をこうじるなどしたので、五十一歳の天授五年、頼之は職を辞し、髪をそって名を常久と改め、讃岐に帰った。その後、再び国政に参与したが、元中九年三月に没した。享年六十四歳。人となり謹厚、読書を好み、和歌をよくした。

124

江戸

菅茶山《かんちゃざん》

一七四八〜一八二七

江戸中期から後期にかけての漢詩人。本名は菅《すげ》、名は晋帥《ときのり》、字は礼卿、通称は太仲。茶山と号した。備後(広島県)の神辺に生まれた。業を那波魯堂に受け、詩に長じる。京に遊学ののち、郷里に塾を開き黄葉《こうよう》夕陽村舎《せきようそんしゃ》といった。のち郷校になると「廉塾」と改めた。藩からの俸給は塾の運営に当て、自らの生活は極力質素に切り詰めた。人となり温和で、人情世古に通じた。詩は、宋詩に学び、風格高逸と称され、とりわけ七言絶句にすぐれる。

102・313

江戸

良寛《りょうかん》

一七五八〜一八三一

江戸末期の僧侶。俗名は山本栄蔵。字は曲《まがり》。出家して良寛、また大愚といった。越後(新潟県)出雲崎に生まれた。備中玉島で修行のち、諸国を行脚し、帰郷して西蒲原郡国上山《こくじょうさん》の五合庵に住み、五十九歳、体力の衰えから山麓の乙子《おとご》神社の庵に移り住んだ。六十九歳以降は、島崎村の木村元右衛門(能登屋)の物置を改築して住んだ。性恬淡として村童を友とし、人格高潔と称せられた。詩は、平仄にこだわらず思いのままに詠う。和歌は万葉調で素朴、書も当時第一と称された。

126

江戸

館柳湾《たちりゅうわん》

一七六二〜一八四四

江戸後期の漢詩人。名は機《き》、字は枢卿《すうけい》、賞雨老人《しょううろうじん》と号した。越後（新潟県）の人。十三歳、江戸に出て亀田鵬斎に学び、長じて幕府に仕え、飛騨（岐阜県）の高山、羽前（山形県）の金山などに赴任した。晩年は江戸の目白台に隠棲した。

254

江戸

柏木如亭《かしわぎじょてい》

一七六三〜一八一九

江戸後期の漢詩人。名は昶《ちょう》。字は永日。如亭・柏山人・痩竹・晩晴社などと号した。代々幕府直属の大工棟梁の家に生まれたが、書画や詩作に熱中し、家産を使い果たして職を辞し、三十二歳、江戸を去って信州で晩晴吟社を開いた。その後、各地を遊歴し、晩年困窮して京都の東山で没した。詩は初め宋詩を重んじたが、晩年に及んで次第に唐詩を重んじるようになった。才気あふれる、清純な感傷が横溢する。

317

江戸

野田笛浦《のだてきほ》

一七九九〜一八五九

江戸後期の儒者、漢詩人。名は逸、字は子明、通称は希一。丹後田辺藩の藩士の家に生まれる。十三歳、江戸に出て古賀精里に学び、昌平黌に入り、書生舎長に推挙される。文政九年（一八二六）、清国の商船「得泰船」が駿河の清水港に漂着したとき、筆談による通詞として活躍した。安政四年（一八五七）に田辺藩の家老となり、藩政改革に尽力。文章が巧みで、篠崎小竹・斉藤拙堂・坂井虎山とともに四大家と称された。

165

江戸

山田方谷《やまだほうこく》

一八〇五〜一八七七

幕末・明治前期の陽明学者、漢詩人。名は球、字は琳卿、通称安五郎。方谷と号した。五歳より程朱の学を学び、三十歳、江戸に出て佐藤一斎に師事、以後各地で教学・行政に尽力し、幕末期に松山藩の財政整理と藩政改革を成功に導いた。明治五年（一八七二）、岡山の閑谷学校の再興に尽力した。

257

江戸

広瀬旭荘《ひろせきょくそう》

一八〇七〜一八六三

江戸末期の儒学者、漢詩人。広瀬貞恒の四男として、豊後の日田（大分県日田市）に生まれた。名は謙、字は吉甫。幼少より二十五歳年上の兄・淡窓に詩文を学び、十七歳、亀井昭陽に経学・文章を学んだ。また淡窓の養子となり、二十四歳のとき、咸宜園の塾政を継ぐ。しかし、日田代官塩谷正義と反目し、三十歳、上阪して大阪の塾で教授した。詩は長篇・短篇ともにすぐれ、愈樾は「東国詩人の冠」と評した。

88

明治

夏目漱石《なつめそうせき》

一八六七〜一九一六

明治・大正の小説家、英文学者。名は金之助。漱石は号。江戸牛込（新宿区牛込）に生まれる。明治十一年（一八七八）東京府立第一中学校に入学。十四年、退学して二松学舎に入り、漢学を学んだ。十六年、市立成立学舎に入って英語を学び、十七年、大学予備門予科に入学。十九年四月、大学予備門は第一高等中学と改称。二十二年正岡子規と知り合う。二十三年、東京帝国大学文科大学英文科に入学。二十六年、英文科卒業、東京高等師範学校英語科教師となった。二十八年、愛媛県尋常中学校（松山中学）に赴任、翌年、熊本の第五高等学校に転任。三十三年、文部省留学生としてロンドンに出発。三十六年、帰朝。三十八年一月から小説を発表。四十年、朝日新聞社に入社。四十三年、修善寺にて療養。大正五年（一九一六）逝去。

28

本書内容に関するお問い合わせについて

このたびは翔泳社の書籍を
お買い上げいただき、
誠にありがとうございます。
弊社では、読者の皆様からの
お問い合わせに適切に
対応させていただくため、
以下のガイドラインへの
ご協力をお願い致しております。
下記項目をお読みいただき、
手順に従って
お問い合わせください。

●ご質問される前に

弊社Webサイトの
「正誤表」をご参照ください。
これまでに判明した正誤や追加情報を掲載しています。

正誤表
https://www.shoeisha.co.jp/book/errata/

●ご質問方法

弊社Webサイトの
「書籍に関するお問い合わせ」
をご利用ください。

書籍に関するお問い合わせ
https://www.shoeisha.co.jp/book/qa/

インターネットをご利用でない場合は、
FAXまたは郵便にて、
下記〝翔泳社 愛読者サービスセンター〟
までお問い合わせください。
電話でのご質問は、お受けしておりません。

●回答について

回答は、ご質問いただいた手段によってご返事申し上げます。ご質問の内容によっては、回答に数日ないしはそれ以上の期間を要する場合があります。

●ご質問に際してのご注意

本書の対象を超えるもの、記述個所を特定されないもの、また読者固有の環境に起因するご質問等にはお答えできませんので、予めご了承ください。

●郵便物送付先およびFAX番号

送付先住所
〒160-0006
東京都新宿区舟町5

FAX番号
03-5362-3818

宛先
(株)翔泳社愛読者サービスセンター

※本書に記載されたURL等は予告なく変更される場合があります。

※本書の出版にあたっては正確な記述につとめましたが、著者や出版社などのいずれも、本書の内容に対してなんらかの保証をするものではなく、内容やサンプルに基づくいかなる運用結果に関してもいっさいの責任を負いません。

※本書に記載されている会社名、製品名はそれぞれ各社の商標および登録商標です。

※本書に掲載の情報は2024年9月時点のものです。

鷲野正明（わしの・まさあき）

国士舘大学名誉教授。全日本漢詩連盟会長・千葉県漢詩連盟会長。NHK-Eテレ「吟詠」の作品解説を担当。

著書に『はじめての漢詩創作』（白帝社）、『漢詩と名蹟』（二玄社）、共著に『十八史略』（明治書院）ほか多数。監修に『漢詩の読み方・楽しみ方』（メイツ出版）、『中国の伝統色』（翔泳社）、『美しい中国の伝統色と文様』（ホビージャパン）などがある。

イラスト　イオクサツキ
デザイン　芝 晶子（文京図案室）
編集　山田文恵

漢詩の美しい言葉

季節

2024年11月25日 初版第1刷発行

著者　鷲野正明（わしのまさあき）
発行人　佐々木幹夫
発行所　株式会社翔泳社
https://www.shoeisha.co.jp
印刷　公和印刷株式会社
製本　株式会社国宝社

ISBN978-4-7981-8605-4
Printed in Japan